소녀 성장 중

code name
초원
code name
화원

code name
백귀

스파이 교실 08

《초원》의 사라

스파이 교실 08

《초원》의 사라

저자 타케마치
일러스트 토마리

CONTENTS

CHARACTER PROFILE

애랑
Grete

어느 거물 정치가의 딸.
정숙한 소녀.

화원
Lily

벽지 출신의
세상 물정 모르는 소녀.

화톳불
Klaus

『등불』의 창설자이자
「세계 최강」의 스파이.

몽어
Thea

대형 신문사
사장의 외동딸.
고아한 소녀.

빙인
Monika

예술가의 딸.
불손한 소녀.

백귀
Sibylla

갱 집안에
태어난 장녀.
늠름한 소녀.

우인
Erna

전 귀족. 빈번히 사고와 조우하는 불행한 소녀.

망아
Annett

출신 불명. 기억 상실. 순진한 소녀.

초원
Sara

거리 레스토랑 셰프의 딸. 소심한 소녀.

Team Otori

개풍
Queneau

고익
Culu

비금
Vindo

우금
Pharma

상파
Vics

뜬구름
Lan

『CIM』 from 펜드 연방

『Hide』 — CIM 최고 기관 —

저주술사 **Nathan**

마술사 **Mirena**

외 3명

『Berias』 — 최고 기관 직속 특무 방첩 부대 —

조종자 **Amelie**

외 연화 인형, 자괴 인형 등

『Vanajin』 — CIM 최대 방첩 부대 —

갑주사 **Meredith**

도공 **Mine**

Other

그림자 **Luke**

색적꾼 **Sylvette**

광대 **Heine**

선율사 **Khaki**

Team Homura

홍로 **Veronika**	포락 **Gerute**	매연 **Lucas**
작골 **Wille**	선혹 **Heidi**	거광 **Ghid**

Team Hebi from 가르가드 제국

초록나비

흰거미

청파리

은매미

보라개미

남메뚜기

흑사마귀

프롤로그 속임수

사라에게 모니카는 제2의 스승이었다.

『자, 사라. 한 번 더 한다.』

『네. 잘 부탁드립니다.』

제1의 스승인 클라우스는 구체적인 지도를 못 했다. 언어 능력이 높지 않아서 조언은 추상적인 수준에 머물렀다.

하지만 모니카는 달랐다.

『판단이 느려!』

한창 대련 중이어도 세세하게 지시를 내렸다.

『총을 쓸 수 없는 거리로 적이 접근했다면 바로 매에게 지시해! 너 혼자서는 아무리 발버둥 쳐도 나를 이길 수 없으니까!』

훈련용 단검을 휘둘러 사라를 웃도는 속도로 공격을 퍼부었다.

단검을 들어 필사적으로 막았지만 조금씩 뒤로 밀렸다.

『그렇다고 그 패턴만 쓰면 안 되지. 쥐와 비둘기는 허를 찌를 수 있게 모자나 옷에 숨겨 둬. 개의 후각은 적의 거짓말을 간파하는 힘이야. 간단히는 쓰지 마.』

모니카는 단검으로 공격하기를 멈추고 옷을 잡았다.

앗, 하고 반응하기 전에 발이 걸리고 내던져졌다.

꼴사납게 엉덩방아를 찧은 사라를 모니카가 엄격한 표정으로 내려다보았다.

『아직 멀었어. 자기 목숨 정도는 지킬 줄 알아야지.』

『윽, 넵…….』

아지랑이 팰리스의 정원이었다.

클라우스가 임무 때문에 나가 있는 동안에는 모니카가 꼼꼼하게 사라의 훈련을 봐줬다. 입은 험해도 조언은 적절했다.

사라는 이래저래 넉 달 넘게 모니카에게 훈련받고 있었다.

교섭이나 잠입 등 다양한 강의가 있었지만, 가장 많은 것은 몸을 지키기 위한 전투 훈련이었다. 처음부터 끝까지 모니카에게 압도당했다. 한차례 대련을 끝내면 한동안은 일어날 수 없을 만큼 체력이 바닥나 버렸다.

그날도 정원에서 대자로 뻗어 있었다. 푸른 하늘은 하도 봐서 이제 질릴 정도였다.

늘 그렇듯 몹시 피로했으나 충실감이 있었다.

『그래도 조금씩 강해지고 있죠……?』

숨을 고른 후, 슬쩍 미소 지으며 모니카 쪽을 보았다.

『근력도 늘어난 것 같습다. 이제 저도 조금은 싸울 수—.』

『그만둬.』

『엥?』

모니카가 서서 냉담한 눈으로 내려다보았다.

『롱청에서도 말했잖아? 싸우는 건 너의 일이 아니야. 나는 몸을 지킬 방법을 가르치고 있을 뿐이야. 주제넘게 나서지 마.』

『어어…….』

시원스러울 만큼 엄격한 말이었다.

『네가 목표로 삼아야 할 도달점은 그게 아니야.』

물을 들이켜며 모니카가 쿨하게 말했다.

으으, 하고 머리를 싸맬 수밖에 없었다. 맞는 말이었다. 사라가 노력해 봤자 지비아나 모니카처럼 격투로 적을 제거하고 정보를 빼앗는 스파이는 될 수 없다. 적합하지 않았다.

하지만 납득할 수 없다는 마음도 있었다.

『그럼 저는 뭘 목표로 삼아야…….』

『그건 네가 정해야지.』

모니카가 누워 있는 사라 옆에 앉았다.

『네가 찾는 거야. 스파이로서의 이상을, 싸움법을, 그리고 사는 방식을.』

그건 한없이 난이도가 높은 과제였다.

애초에 사라에게는 스파이가 되고자 하는 적극적인 동기가 없었다. 부모가 실직하여 먹고 살기 위해 스파이 양성 학교에 흘러들었을 뿐이다. 이상 같은 게 있을 리 없었다.

대답이 궁해져서 입을 다물자 모니카 쪽에서 『괜찮아』라는 목소리가 들렸다.

『네가 답을 찾을 때까지 내가 옆에서 도와줄게.』

시선을 맞추지 않고 그렇게 말해 줬다. 뺨이 붉어진 것처럼 보이는 건 기분 탓일까.

모니카는 못난 학생을 포기하지 않았다.

『등불』과 『봉황』이 밀접한 교류를 나눈 시기— 이른바 『봉황』 밀월 기간에도 사라에게 있어서 스승은 변함없이 모니카였다.

도중에 『고익』 큐르라는 『봉황』 멤버가 『나도 가르칠래!』 하고 찾아왔지만, 모니카가 방해된다며 일축했다. 큐르의 지도는 딱 한 번 있었을 뿐이다.

『그럼 한 번 더.』

모니카가 사라의 어깨를 두드려 일어나길 재촉했다.

어이없어하는 것 같으면서도 상냥함이 엿보이는 그 눈이 좋았다.

◇◇◇

—세계는 아픔으로 가득하다.

딘 공화국의 스파이팀 『등불』은 동포 『봉황』이 사망한 이유를 해명하기 위해 펜드 연방에 잠입. 펜드 연방의 첩보 기관 CIM과 대립하여 흑막이 숙적 『뱀』이라는 것을 밝혀냈다.

『뱀』은 펜드 연방의 왕족인 다린 황태자를 암살하고 그 대죄를 딘 공화국의 스파이에게 덮어씌우려고 했다.

또한 그들은 그 사실을 협박에 이용하여 『등불』의 일원인 『빙인』 모니카가 팀을 배신하게 했다. 모니카를 암약시켜서 『등불』의 보스

—『화톳불』 클라우스를 소모시키려는 작전이었다.

그러나 모니카는『뱀』도 배신하고서 암약.

다린 황태자 암살이라는 대죄를 스스로 짊어짐으로써 혼란에 종지부를 찍었다.

하지만 대가는 컸다. 모니카는 CIM의 스파이들과 사투를 벌이고서 후퇴한 끝에『뱀』의 스파이들에게 습격받았다.『흰거미』와『흑사마귀』에게 포위당했다.

최후에 모니카는 무전기로『뱀』의 정보를『등불』에게 맡겼고—.

《—나는, 너를 좋아해.》

릴리에게 사랑을 고백한 뒤, 그대로 소식이 끊겼다.

◇◇◇

"—흰거미는, 제가 쓰러뜨리겠어요……!!"

사라가 눈물을 머금고서 선언했다.

모니카와 연락이 끊긴 지 3일.

CIM의 방첩 부대『배리어스』가『등불』의 멤버들을 찾아왔다. 그들은『등불』을 감시하에 두기 위해 클라우스와 티아를 감금하겠다고 통보했다.

모니카의 배신은 『등불』에 큰 타격을 줬다.

그녀의 보스로서 불신감을 산 클라우스, 그리고 그녀를 지원하기 위해 반정부 조직 『봉화련천』을 결성한 티아의 신병은 구속되었다.

그레테는 배신한 모니카에게 인질로 잡혀 감금당해서 극도로 쇠약해졌고, 아네트는 직접 습격을 받아 갈비뼈가 부러져 중상, 에르나는 궁지에 빠진 모니카를 구하기 위해 CIM에게 총을 맞아 부상. 위의 세 사람은 병원에서 요양 중이었다.

그리고 모니카 자신은 생사 불명.

『등불』이 기능 정지 상태에 빠졌다고 할 수 있는 상황에서 일어난 사람은 사라였다.

바로 지금, 감금됐던 방에서 다른 건물로 옮겨지는 클라우스에게 말했다.

흰거미를 쓰러뜨린다— 현실성이 부족한 발언임은 이해하고 있었다.

『흰거미』는 가르가드 제국의 베일에 싸인 첩보 기관 『뱀』의 멤버다. 펜드 연방의 왕족을 암살하여 일국을 혼란에 빠뜨린 남자. 그자를 사라가 구속하는 것은 말도 안 되는 일이다.

하지만 모니카의 행방을 아는 사람은 그밖에 없다.

클라우스는 사라의 선언을 비웃지 않았다. 살짝 눈을 가늘게 좁혔다.

"—극상이야."

온화한 어조였다.

"사라, 네게 맡길게. 너라면 할 수 있어."

그대로 클라우스는『배리어스』에게 연행되었다.

사람이 사라진 방에서 사라는 크게 숨을 내쉬었다. 큰소리친 흥분으로 가슴이 빠르게 뛰고 있었다. 물론 결심을 물릴 생각은 조금도 없었지만.

자신의 고동을 느끼고 있으니 좌우에서 말을 걸어왔다.

“뭘 혼자서 멋있는 척하는 거야.”

“그러니까 말이에요. 무진장 믿음직한 이 선배들을 잊어버린 거 아니에요?”

두 동료가 웃으며 사라의 양쪽 어깨에 팔을 얹었다.

저도 모르게 미소가 지어졌다.

“지비아 선배, 릴리 선배.”

『백귀』 지비아— 늠름한 눈매와 탄탄한 체구를 지닌 백발 소녀.

『화원』 릴리— 사랑스러운 동안과 풍만한 가슴이 특징인 은발 소녀.

사라는「물론 잊지 않았습니다」하고 말했다.

사실이었다. 그저 의욕이 앞섰을 뿐이다.

“함께 해내죠. 선배들의 힘이 필요합니다.”

좌우에서 동시에「그래」,「네」하고 힘차게 대답하며 등을 때렸다.

지비아가 쑥스러운 듯 하얀 치아를 보였다.

“그러고 보니 예전에도 이렇게 셋이 한 팀이 된 적이 있었지?『시체』 임무 이후로 처음인가?”

"아~ 그랬었죠. 그레테와 함께 메이드로 잠입했었어요."

"넵. 그때 저희는 임무에서 제외됐었습다."

"뭐, 그레테는 실질적으로 보스에게 가장 신뢰받았으니까 『시체』 임무에서 제외된 건 우리 세 사람이었던 거지만."

"큭. 이 릴리를 제외하다니! 저는 지금도 용서하지 않았어요!"

"아하하, 아직도 담아 두고 있군요."

"지금 생각해 보면 타당하지만 말이지. 특히 모니카, 그레테, 티아에게는 도움만 받잖아."

"부정할 수 없네요. 하지만 그렇기에—."

"—이번에는 저희가 도울 차례입다."

그렇게 말을 주고받은 후, 지비아가 천장을 향해 주먹을 높이 들었다.

"가자아아아아아, 비선발조!"

"해치우죠!" "좋습다!"

스파이답지 않은 떠들썩한 대화였다.

그건 그녀들의 미숙함을 보여 줌과 동시에 어떤 역경에도 굴하지 않는 강함의 증명이었다.

◇◇◇

소설가 디에고 크루거는 코카인 중독자였다.

예전에는 역사 소설을 집필했지만, 미스터리 소설이 유행하자 출판사의 명령으로 장르를 변경할 수밖에 없었다. 역사 소설이야말로 지고의 문학이라고 여기던 그에게 미스터리는 속물이었다. 한 단락을 쓸 때마다 숨이 막혔다. 속이 울렁거렸다. 머리를 쥐어뜯었다. 때로는 술을 마셔서 강제로 기분을 달랬다.

정신 차리고 보니 더 강한 환각을 얻기 위해 약물에 손을 댄 상태였다.

아내는 진작 집을 나갔다.

그걸 신경 쓰지도 못했다. 지금은 원고를 한 글자라도 쓰기 위해 교외의 아파트에서 주사기를 끌어안은 채 멍하니 꿈을 꾸고 있었다.

—가르가드 제국의 첩보 기관 『뱀』은 그의 집을 은신처로 쓰고 있었다.

『뱀』의 일원—『흰거미』는 소파에서 담배를 문 채 지폐를 세고 있었다.

버섯 같은 헤어스타일의 남자였다. 눈은 어두침침하니 탁했고, 피부는 병들어 보일 만큼 허옜다. 자세가 심하게 구부정해서 실제 키보다도 훨씬 작아 보였다. 동료들에게도 『생긴 게 기분 나쁘다』 『약해 보인다』라고 잔뜩 야유받는 남자였다.

몇 번이고 혀를 차며 가느다란 손가락으로 지폐를 넘기고 있었다.

“저 약쟁이 소설가, 죽은 거 아닌가?”

뒤에서 어떤 남자가 말을 걸어왔다.

칠흑색 후드를 눌러쓴 탓에 남자의 얼굴은 보이지 않았다. 그러나 큰 키와 남자의 코트 밖으로 나온 오른팔 세 개를 보고 동료임을 알 수 있었다. 상처투성이인 두꺼운 오른팔을 휘감듯 기계적인 광택을 띤 팔 두 개가 달려 있었다.

—『흑사마귀』.

그 또한 『뱀』의 일원이었다.

흰거미는 방구석에 누워 있는 디에고를 보았다.

"아니, 또 배드 트립에 빠져서 소변을 싸 갈기고 있을 뿐이야. 치워 둬."

"왜 내가 치워야 하지."

"보다시피 나는 일하는 중이잖아. 저 영감님, 생각보다 남은 돈이 없어. 아~ 젠장. 소설가는 좀 더 돈을 많이 버는 거 아니었냐고."

흰거미는 디에고에게서 빼앗은 통장을 노려보며 머리를 부여잡았다.

본국에서 제공하는 자금을 기대하고 싶지만, CIM의 방첩 부대가 운반책을 붙잡았는지 연락이 없었다. 결국 하찮은 소설가를 약물에 중독시켜서 돈을 빼앗는 처지가 되었다.

"그럼 어쩔 수 없군."

흑사마귀가 한숨을 쉬더니 흰거미의 맞은편에 앉았다.

"임무 속행은 무리야. 나는 은퇴하겠어."

"인사하는 감각으로 은퇴를 선언하지 마."

흰거미는 구부정한 자세를 더 구부정하게 만들어 손으로 얼굴을 덮었다.

『뱀』 멤버 간의 연락, 자금과 무기 조달 및 멤버의 비위를 맞추는 것까지 전부 흰거미가 담당했다. 개성 강한 멤버에게 늘 휘둘리고 있었다.

"하여간 태평하다니까. 『빙인』이란 애송이 때문에 내 계획이 상당히 어그러졌—."

"그럼 귀국하면 돼."

흑사마귀가 말했다.

"『뱀』으로서의 임무는 완수했어. 다린 황태자와 미아 고돌핀 국장 암살. 『포락』의 조사 자료는 신경 쓰이지만, 깊이 파고들 정도는 아니겠지."

"……그럴지도."

"그렇게까지 해서 『화톳불』을 죽여야만 하나?"

원수의 이름이 나와서 지폐를 세던 손이 멈췄다.

"절반은 사적인 원한이야."

흰거미가 대답했다.

"그 녀석은 은매미를 죽이고 보라개미 형을 구속했어."

"발상이 조무래기로군."

"시끄러워. 나머지 절반은 알고 있잖아?"

담배를 바닥에 뱉고 밟았다.

"『화톳불』은 가까운 미래에 『홍로』의 유지를 이어받아 **인류 사상**

최악의 극죄(極罪)를 저지르게 될 거야."

흑사마귀에게 강한 시선을 보냈다.

"보라개미 형이 진 걸 보고 확신했어. 너무 늦었을 정도야. 그 녀석은 머지않아 『홍로』의 진실에 도달하겠지. 그러면 더는 막을 수 없어. 틀림없이 『뱀』 최대의 적이 돼."

"……네가 그렇게까지 말하는 건가."

"분발하도록 해. 과장이 아니라 인류사의 분기점이야. 실패하면 약자가 유린당하는 세계가 실현돼."

흰거미는 곁에 놓아뒀던 애용하는 저격총을 집어 들었다.

"전 세계의 어떤 스파이보다도 먼저 죽여야 해. 그리고 지금이 가장 큰 기회야. 그 녀석은 지금 다리를 다쳤고 CIM에게 감금당한 상태야."

내부 정보는 손에 들어와 있었다.

원래는 『초록나비』를 통해 모니카를 움직여서 클라우스를 더 소모시킬 계획이었다. 그 계획은 완수할 수 없었지만, 충분히 부상을 입힐 수 있었다.

그의 숨통을 끊을 더할 나위 없는 기회였다.

흑사마귀는 자신의 의수를 보여 주듯 오른팔을 들었다.

"저번에도 말했지만 나는 전력을 낼 수 없어. 《거철지부》가 고장 났어."

《거철지부》란 그의 두 의수를 말했다. 그의 뜻대로 움직여 방화,

절단, 파괴 등 인간의 완력으로는 하기 어려운 공작도 쉽게 해냈다.

“완벽하게 고치려면 귀국해야 해. 임시방편으로 수리는 했지만 말이지.”

“그래, 알고 있어.”

“그러나 지금 할 수 있는 일은 해 주지. 상태가 좋진 않아도 나는 천하무적이야. 영웅은 부탁을 거절하지 않아.”

“기대할게.”

“『초록나비』는 어쩔 거지? 잡혀 있는 것 같은데, 구할 건가?”

“본인이 어떻게든 하겠지. 그 녀석도 『뱀』의 일원이야.”

“그런가. 그나저나 머리를 잘라 주지. 움직이지 마.”

대답도 기다리지 않고 흑사마귀의 의수가 움직였다.

2미터 이상의 거리를 순식간에 좁힌 의수가 흰거미의 얼굴을 스쳐 지나가 뒤쪽으로 머리카락을 흩날렸다.

대량의 머리카락이 무릎 위로 떨어졌다.

“……허?”

“네 머리는 너무 눈에 띄어. 그럼 나는 가지.”

흑사마귀는 짧게 고하고서 뒤도 돌아보지 않고 방을 떠났다.

뭐라고 지적할 기력도 없었다. 「……내 머리」 하고 중얼거렸지만, 들어 주는 사람은 없었다.

배설물의 악취가 진동하는 방에서 한숨을 쉬었다.

다 센 지폐를 주머니에 쑤셔 넣고 가위와 거울을 꺼내 머리를 다듬었다.

가위를 움직이자 자연스럽게 머릿속이 맑아지는 느낌이 들었다.

'—뭐, 좋아. 문제는 어떻게 움직이느냐지.'

허비할 시간은 없었다. 머리를 다듬으며 클라우스를 죽일 계획을 짰다.

가장 마음에 걸리는 것은 모니카가 최후에 동료들에게 맡긴 메시지였다.

『코드 네임 「형안」. 그 사람을 의지해. 「뱀」을 타파할 수 있는 존재는 그 사람 말고 없어.』

생각해야 했다.

—**「형안」은 누구인가**?

그럴싸한 인물조차 없었다. 흰거미는 딘 공화국 스파이의 데이터를 파악하고 있었다. 『화염』을 배신한 기드가 가르쳐 줬다.

—『화톳불』 클라우스는 『화염』 멤버를 제외하면 친하게 지내는 동료가 없다.

—『화염』은 『화톳불』 클라우스를 빼고 전멸했다.

—딘 공화국의 실력자에 관한 정보는 전부 『뱀』에 누설되었다.

이 전제하에서 자신들을 타파할 수 있는 존재가 있는가? 클라우스가 의지할 만한 인물이 있는가? 아니, 있을 리가 없다.

'……허풍? 하지만 무슨 의미가 있지?'

대책을 세워야 할까? 그건 지나친 걱정이고, 이쪽을 혼란에 빠뜨리기 위한 함정인가?

"뭐, 재밌네. 나는 이걸로 끝낼 생각이야. 어디 한번 한계까지 저항해 봐."

흰거미는 가위질을 마무리하고 머리카락을 크게 쓸어 올렸다.

"『뱀』과 『화염』— 최후의 속임수 싸움을 벌여 보자고, 괴물."

◇◇◇

코드 네임 『형안』— 그렇게 명명된 스파이는 펜드 연방의 수도, 휴로의 빌딩 옥상에서 조용히 거리를 관찰하고 있었다.

뇌리에는 클라우스가 했던 말이 있었다.

몹시 추웠던 어느 밤, 『형안』이 지내는 잠자리에 클라우스가 찾아왔다. 처음 대면하는 것도 아니었지만 그는 입을 꽉 다물고서 긴장한 얼굴이었다.

『구태여 정중하게 말하기로 하지. 그대의 힘을 빌려줬으면 해.』

그리고 머리를 숙였다.

의외라고 느꼈던 것을 기억한다.

평소에는 불손한 태도를 보이는 청년이 이렇게까지 저자세로 나올 줄은 몰랐다.

『「등불」은 이미 몇 번 「뱀」과 교전했어. 「등불」의 정보도 다소 노출됐겠지. 그러니 「뱀」을 교란하려면 새로운 힘이 필요해.』

클라우스는 말했다.

『그대를 「등불」의 새로운 스파이로 맞이하고 싶어.』

『…….』

어떻게 대답하면 좋을지 알 수 없었다.

가만히 마주 보고 있으니 클라우스가 고개를 끄덕였다.

『주제넘은 일이지만 내가 코드 네임을 주지. ―「형안」. 그게 그대의 이름이야.』

깊이 머리를 숙이고서 「그 아이들을 부탁해」라고 말했다. 부하에게는 보여 줄 수 없는 광경이리라.

그 나름의 결의를 받고 『형안』은 작게 고개를 끄덕였다.

『형안』은 클라우스와의 기억을 떠올리고 조용히 숨을 내쉬었다.

움직여야만 하는 때가 다가오고 있었다. 문제는 타이밍이다.

―자신은 『등불』의 작전 그 자체. 정체를 간파당해서는 안 된다.

『등불』의 새로운 멤버로서 팀을 구할 중대한 소임을 완수해야만 했다.

1장 조교

구속구가 채워져서 클라우스는 얼굴을 찌푸렸다.

듣자 하니 CIM의 최신 기술을 집결한 구속구인 것 같았다. 상당히 튼튼하게 만들어져 있었다.

양팔을 거의 움직일 수 없는 상태로 방에 감금되었다.

불만스럽긴 하지만, 클라우스 자신도 이 판단은 타당하다고 인정하지 않을 수 없었다. CIM도 왕족 살해에 관여한『뱀』을 구속하기 위해 클라우스와 협력하길 원했다. 하지만 클라우스를 전면적으로 신뢰할 수는 없었다. 팀 내에서『소진』모니카를 배출한 전례도 있다.

—협력은 감시하에서.

대등한 조건은 아니지만 받아들일 수밖에 없었다.『등불』의 일부 멤버는 CIM이 관리하는 병원에서 치료 중이다. 인질로 잡혀 있는 것과 같았다.

외출은 허락되지 않았다. 문은 밖에서 잠갔고 무기도 뺏겼다. 침대와 화장실도 있고, 의사와 식사도 제공해 준다고 했지만, 신문은 주지 않았다.

당연히 동료와의 접촉도 허락되지 않았다.

스파이로서의 행동을 대부분 제한당했다.

"입장이 역전됐네요."

방을 찾아온 아멜리가 비아냥거렸다.

지금까지 『등불』과 대립했던 최고 기관 직속 특무 방첩 부대 『배리어스』의 수장— 『조종자』 아멜리. 눈 밑에 짙게 다크서클이 져 있고 고딕 옷을 입은 20대 후반의 여성이었다. 프릴이 많이 달린 귀여운 옷과는 어울리지 않는 험악한 기운을 풍기고 있었다.

"한동안은 얌전히 지내 주셔야겠어요. 저의 감시하에서."

"뭐야, 속에 담아 두고 있었나?"

불과 얼마 전까지는 클라우스가 그녀의 부하를 인질로 잡고서 그녀를 지배하에 두고 있었다.

"어린애 같은 짓 하지 마. 서로 과거는 묻어 두지."

"……아주 속 편한 주장이네요."

"너희를 위해서 하는 말이야. 나는 너희를 용서하지 않았고, 지금부터 싸우더라도 딱히 상관없어."

클라우스는 근처 의자에 앉았다.

"내가 얌전히 있는 건 모니카의 의지고, 너희에게 이용 가치가 있기 때문이야."

"흥, 다리도 못 쓰면서 아주 용맹스럽네요."

아멜리는 조소하듯 가볍게 웃으며 클라우스의 왼쪽 다리를 보고 있었다. 모니카와 전투하면서 총을 맞은 곳이었다. 다친 상태로 계속 움직인 탓에 상처는 상당히 악화되어 있었다.

아멜리는 뛰어난 관찰력을 가졌다. 클라우스가 만족스럽게 싸울 수 없음을 간파하고 있는 듯했다.

"물론 서로를 이용하는 건 바라는 바예요."

클라우스의 정면에 있는 의자에 앉았다.

"오늘 저녁, 『하이드』의 일원이 이 방을 찾을 거예요."

"최고 간부가 직접 말인가."

베일에 싸인 CIM의 최고 기관 『하이드』.

아멜리의 직속 상사다. 줄곧 접촉하고 싶었는데 마침내 이루어질 것 같았다.

"특별 대우예요. 저도 얼굴을 보는 건 두 번째죠. 『흰거미』를 잡기 위한 작전 회의를 열 거예요."

그렇군, 하고 고개를 끄덕이고 있으니 아멜리가 뾰족한 시선을 보내왔다.

"하지만 그 전에 한 가지 확인하고 싶은 게 있어요."

"뭐지?"

"아까 『초원』이 했던 말— 그건 진심일까요?"

흰거미를 쓰러뜨리겠다는 선언을 말하는 것이리라.

사라와는 어울리지 않는 강경한 발언이었다.

"진심이겠지."

클라우스는 즉답했다.

"그 아이의 각오를 의심하진 않아. 모니카를 구하기 위해서일 거야. 그 아이와 모니카는 사제 관계였어. 솔직히 내 입장이 위태로울 만큼 이상적인 관계로 보였어."

"그런가요."

"실력을 보면 물론 불안하긴 하지만 말이지."

엄격한 평가지만, 사라의 실력은 성장 도중이다. 그 재능을 믿고는 있으나 현시점에는 다른 소녀보다 뒤떨어진다고 말할 수밖에 없었다.

게다가 그 밖에도 커다란 걱정거리가 있었다.

"—흰거미는 꺼림칙해."

"꺼림칙? 상당히 추상적인 표현이네요."

"내가 알기로 흰거미는 『조무래기』라는 인상이 강했어. 언동은 경망스럽고 『죽인다, 죽인다』 난폭하게 떠들어 대면서도 자신이 불리하면 쏜살같이 도망쳐."

클라우스는 흰거미와 세 번 접촉했다.

첫 번째는 가르가드 제국에서 흰거미가 기드를 사살했을 때. 두 번째는 딘 공화국에서 아네트의 모친을 둘러싼 소동 중에. 세 번째는 무자이아 합중국에서 『보라개미』를 구속한 후.

실력은 있을 테지만— 어째선지 「조무래기」라는 인상이 더 강했다.

"이번 펜드 연방에서의 『뱀』의 움직임은…… 내가 아는 녀석의 방식과 달라."

"구체적으로 어떻게 다르죠?"

"잔에 담긴 물에 물감 1그램이 섞여 있다고 말하면 이해가 되려나?"

"전혀 전해지지 않네요."

"……뭐, 좋아. 다만 사라가 자신이 하겠다는 각오를 보였어. 나는 믿어."

걱정이 안 된다고 하면 거짓말이지만, 그녀들에 대한 판단을 철회할 마음은 없었다.

소녀들은 예상치 못한 성장을 이룰 때가 있었다. 클라우스의 직감으로도 예상할 수 없을 만큼, 갑작스럽고 급격하게.

아멜리는 말하기 껄끄러운 듯 목소리 톤을 낮췄다.

"그런데 괜찮겠어요?"

"음?"

"당신의 의지는 존중해요. 하지만 그 꼬마 아가씨(리틀 레이디)들이 흰거미를 구속하는 데에는 커다란 장애물이 있어요."

아멜리의 태도에서 무안함이 설핏 보였다. 보기 드문 일이었다.

무슨 말이냐고 설명을 재촉했다.

"대전제로서 우리는 그 세 명을 구속하지 않아요. 그건 당신이 인정하지 않겠죠."

"당연하지. 내가 얌전히 감금당하는 조건이야."

"네. 하지만 완전한 자유를 줄 수도 없는 노릇이에요."

"……."

"『배리어스』와 『하이드』를 제외한 CIM의 첩보원들은 모두 『소진』 모니카를 다린 황태자 전하를 암살한 실행범으로 알고 있어요. 『등불』에 재적해 있던 소녀가 죽였다고."

불만스럽긴 하지만, 그게 바로 모니카가 노린 바였으니 어쩔 수 없었다. 『뱀』을 사칭하여 온갖 죄를 뒤집어씀으로써 혼란을 수습했다.

하지만 그로 인해 몇 가지 문제도 발생한 모양이었다.
아멜리가 안쓰럽다는 듯 말했다.
"그래서 CIM의 공작원 대부분은—『등불』을 몹시 경멸하고 있어요."

◇◇◇

사흘 만에 해방된 사라 일행은 생각지 못한 장애물을 만났다.
오후 한 시경, 감금됐었던 방의 문이 열렸다.
당장 방에서 뛰쳐나갔다. 제일 먼저 할 일은 물론 흰거미 수색이었다. 우선 어떻게 움직일지 의논은 끝낸 상태였다. 1분 1초가 아까웠다. 세 사람은 빠르게 복도를 나아갔다.
하지만 현관 앞에서 날카로운 여성의 목소리가 들렸다.

"아하하! 네놈들이 자유롭게 외출할 수 있을 리가 없잖아요!"

복도의 그늘진 곳에서 정장 차림의 여성이 튀어나왔다.
여성은 쥐고 있는 동그란 기계를 과시하듯 오른손을 들었다.
"—《절음향(絕音響)》."
""""—윽!!""""
소녀들은 반사적으로 몸을 긴장시켰으나 그 공격에 방어는 무의미했다.
천둥 같은 소리가 울렸다. 동그란 기계에서 발산된 귀청이 찢어질 듯한 굉음은 소녀들의 귀를 통과해 머리를 뒤흔들었다. 귀를 막는 타이밍이 조금이라도 늦었다면 고막이 터졌을지도 모른다.

당연히 서 있을 수 없었다. 그 자리에 웅크려 소리가 멎을 때까지 견딜 수밖에 없었다.

"우리 CIM이 만들어 낸 대테러리스트용 제압 무기예요. 아하하! 효과가 좋죠?"

소리가 멎은 후, 여성이 자랑스럽게 웃었다.

사라는 아연히 바라보았다.

'이, 이 사람은 뭐죠—!!'

만나자마자 음향 병기를 쓰다니, 제정신으로 할 일은 아니었다.

머리는 몇 밀리미터도 안 될 만큼 짧게 깎여 있었다. 거리에서도 거의 볼 수 없는 베리 쇼트. 옷은 새까만 더블 슈트를 차려입었는데 곳곳에 배지가 달려 있었다. 나이는 20대 후반 정도일까.

깔보는 시선을 보내며 여성은 이름을 밝혔다.

"나는 『바나딘』의 부관, 『도공』 미네! 또 말해 주지 않을 거니까 기억해 둬, 하인들아!"

굉장히 밝은 어조인데 시비조였다.

사라와 릴리는 무심코 서로를 바라보며 「그 부대는……」 하고 말했다.

『바나딘』— CIM 최대의 방첩 부대다.

『등불』 입장에서는 나쁜 인상밖에 없는 조직이었다. 애초에 소녀들을 감금한 것도 그들이었다. 사라와 란을 인질로 잡았었다.

미네는 소녀들의 악감정 따위 아랑곳하지 않고 외쳤다.

"네놈들을 감시할 자죠. 24시간 붙어 있을 거니까 각오하세요!"

"감시? 그게 무슨 말이죠?"

"아하하! 『소진』의 동료였던 네놈들을 자유롭게 풀어 둘 리가 없잖아요! 하인들은 그런 것도 모르나 봐?"

사라는 바로 이해했다.

CIM에 소속된 스파이 대부분은 모니카의 진실을 모른다. 소녀들이 마음대로 행동하게 둘 리 없었다.

"……상당히 적대적이잖아."

일어난 지비아가 위압하듯 다가갔다.

"우리는 협력한다고 들었어. 『등불』과 CIM은 흰거미를 잡기 위해 함께—."

"아하하! 자기들이 아주 대단한 존재인 줄 아나 보네요."

미네도 물러나지 않았다.

"—협력? 필요 없어."

웃음을 지우지 않은 채 동그란 음향 병기를 들었다.

다시 굉음이 발산됐다. 뇌를 파괴할 듯한 충격이 소녀들을 덮쳤다.

"네놈들의 힘 같은 건 기대 안 해. 화톳불의 하인 주제에."

소리 공격을 멈추고 모멸을 담아 말했다.

사라는 침을 흘리며 「아…… 윽…… 헉……」 하고 신음할 수밖에 없었다. 옆에서 지비아와 릴리도 비슷하게 몸부림치고 있었다.

한 방 먹었을 뿐인데 한동안 행동할 수 없었다.

3 대 1이어도 미네의 힘은 압도적이었다.

"네놈들을 살려 두는 건 상부가 명령했기 때문이에요."

이명이 계속되는 가운데, 미네의 목소리가 들렸다.

"감시를 뿌리치고 싶으면 해 봐. 『바나딘』이 총출동해서 죽이면 그만이니까. 아하하! 말해 두는데, 우리 보스는 나보다 백배는 강해요."

"……쯧."

지비아가 작게 혀를 찼다.

사라와 릴리가 숨을 헐떡이며 「지비아 선배, 일단 물러나는 편이 좋습니다」「지금은 참기로 해요」 하고 달랬다.

지금 CIM을 적으로 돌리는 것은 현명한 일이 아니었다. 너무 불리하다.

릴리가 살갑게 웃었다.

"미네 씨, 알겠어요. 저 릴리, 강자에게는 따르는 주의예요. 순종적으로 행동할게요. 신발을 할짝할짝 핥고 싶을 정도예요."

"아하하! 현명한 하인이네요!"

미네가 즐거워하며 오른발을 앞으로 내밀었다.

릴리는 못 본 척 무시하고서 계속 말했다.

"마침 안내받고 싶은 장소도 있었고요."

굴욕적이긴 했지만, 지금은 그들의 감시하에 있을 수밖에 없을 듯했다.

애초에 소녀들이 맨 처음 갈 곳은 CIM의 협력이 필요했다.

◇◇◇

국영 병원의 부지 내에 여러 겹의 철책으로 둘러싸인 이상한 병동이 있었다.

주된 환자는 CIM의 공작원과 그들이 구속한 스파이. 그 외에는 세간에 공표할 수 없는 병을 앓고 있는 정치가와 왕족. 일반 병원에는 갈 수 없는 사연을 가진 환자를 위한 병동이었다.

병문안— 그것이 릴리가 미네에게 청원한 일이었다.

현재 많은 『등불』 관계자가 CIM이 관리하는 비밀 병동에 있었다.

부지에 들어가자 미네가 그녀들의 용태를 설명해 줬다.

"『뜬구름』은 재활 치료 중이에요. 지금은 감시하에 산책 중이라는군요."

『뜬구름』 란은 『봉황』의 유일한 생존자다. 『배리어스』에게 습격받은 이후로 제대로 된 치료를 받지 못했었지만, 지금은 조금씩 회복되고 있는 듯했다.

"그리고 『망아』는 면회할 수 없어요. 출입 금지 병실에 있거든요."

"뭐? 아네트가?"

지비아가 반문했다.

"깨어나긴 했는데, 흥분해서 난동을 부리는지라 수갑을 채워 침대에 묶어 뒀다고 해요. 아하하! 짐승 같네요."

아네트는 배신한 모니카와 싸우다가 갈비뼈가 부러져서 반죽음에 가까운 중상을 입었다.

마침 지금 있는 곳에서 아네트의 병실이 보인다며 미네가 손으로 가리켰다. 4층이었다. 환기용인지 작게 창문이 열려 있었다. 그곳에서 금속끼리 부딪치는 소리가 들려왔다.

비인도적인 취급에 릴리와 지비아가 불만스럽게 눈썹을 찌푸렸다.

사라도 「……윽」 하고 침음하며 데려온 매의 머리를 쓰다듬었다.

미네는 그 반응을 재밌어하듯 웃고서 설명을 계속했다.

"『우인』과는 만날 수 있어요. 상처가 심한 것 같지만요."

소녀들은 먼저 그녀— 에르나의 병실에 가기로 했다.

안내받은 1인실에서 에르나는 푹 잠들어 있었다.

에르나는 CIM에게 도전한 모니카를 보조하기 위해 총알 폭풍 속으로 뛰어들었다. 일반 시민처럼 행동하며 일부러 총을 맞아 모니카가 쉴 시간을 벌었다.

애처로운 헌신이지만— 에르나가 돕지 않았다면 모니카는 죽었을 것이다.

원래는 에르나도 모니카를 도운 죄로 규탄받을 상황이었지만, 아멜리가 특별히 조치해서 숨겨 준 듯했다.

"뒷일은 우리한테 맡겨."

지비아가 잠든 에르나의 뺨을 만지자 「응……」 하고 평온한 잠꼬대가 들렸다.

지금은 푹 자게 두자고 판단하여 병문안 선물인 과일만 두고 퇴실했다.

마지막 병실로 가려고 했을 때, 미네가 얼굴을 찌푸렸다.

"『애랑』은 간호사가 상당히 애를 먹고 있다고 해요."

소녀들은 고개를 갸웃했다.

의외였다. 그레테는 비교적 문제 행동이 적은 소녀였다.

"상당히 쇠약해져 있는데도 전혀 쉬질 않는다더군요. 열흘 넘게 단식에 가까운 상태로 방치됐었는데 말이에요. 아하하! 자기 상태도 파악하지 못하는 어리석은 여자예요!"

미네가 짜증스레 혀를 찼다.

"설득해 줄래요? 불만스럽지만, 네놈들의 건강 관리도 상부의 명령인지라."

직접 보는 게 빠르다고 해서 소녀들은 병실로 서둘렀다.

릴리가 문을 열자마자 「그레테, 괜찮아요?」 하고 불렀다.

"여러분……!"

그레테는 바로 알아차린 듯했다. 침대 위에서 미소 지었다.

오히려 놀란 사람은 입실한 사라 일행이었다.

침대 주변이 대량의 갱지로 뒤덮여 있었다.

그 모든 갱지가 만년필로 휘갈긴 내용으로 채워져 있었다. 침대에 설치된 테이블에는 신문, 휴로의 지도, 라디오가 놓여 있었다. 모든 정보를 적고 있는 듯했다.

릴리가 그레테에게 달려가 상냥하게 타일렀다.

"뭐, 뭐 하고 있는 거예요. 쉬어야죠!"

"아뇨. 지금 제가 할 수 있는 일은 분석밖에 없습니다……."

아무래도 그레테는 정보 정리에 몰두해 있는 것 같았다. 간호사에게 억지를 부려서 갱지와 만년필을 가져오게 한 걸까.

"그, 그래도 감사함다."

사라는 병실 옆에서 본론을 꺼냈다.

"실은 저희도 그레테 선배의 분석을 들으러 왔슴다."

그랬다. 병문안의 가장 큰 목적이 그것이었다.

『흰거미를 붙잡자!』 하고 의욕을 보이던 소녀들은 바로 벽에 부딪쳤다. 인구 과밀인 휴로에서 남자 한 명을 붙잡는 건 불가능했다. 단서도 없었다.

—솔직히 뭘 어떻게 하면 좋을지도 모르겠어.

세 사람 모두 똑같은 취지의 말을 뱉게 되었다.

"……예상대로입니다."

그레테는 부드럽게 미소 지었다.

"그걸 여러분에게 알려 드리고 싶어서 내용을 정리했습니다."

「우리 참모 든든해!」 하고 지비아가 코멘트했다.

바로 침대를 에워쌌다.

"흰거미를 붙잡을 방침을 가르쳐 주세요."

"……제가 말씀드리고 싶은 건 두 가지입니다."

그레테는 침대에 펼쳐 둔 지도를 가리켰다.

"우선 모니카 씨가 마지막으로 연락했던 마을— 이미란 일대의 수색."

그도 그렇다며 소녀들은 고개를 끄덕였다.

CIM과 사투를 벌인 후, 모니카는 휴로 남동쪽에 있는 작은 마을로 향했다. 이미란이라는 마을인데, 그곳에는 『화염』의 일원— 『포락』 게르데의 은신처가 있었다. 쉬기 위해 그리로 갔을 것이다.

병실 끄트머리에서 쾌활한 목소리가 울렸다.

“아하하! 그곳은 우리 동포가 진작 수색을 끝냈어요!”

미네가 즐겁게 웃었다.

“전투가 벌어졌던 것으로 추정되는 전소한 건물을 찾았죠. 하지만 주변에 『뱀』의 흔적은 전혀 없었어요! 증오스러운 『소진』의 행방도 알 수 없었어요!”

이미 클라우스가 CIM을 보내 조사시킨 듯했다. 하지만 사건 직후 쏟아진 비 때문에 냄새와 흔적은 지워져 있었다고 한다.

그레테는 미네의 존재를 가볍게 흘려 넘겼다.

“……그렇군요. 시신이 발견되지 않았다면 『뱀』이 모니카 씨를 끌고 갔을 가능성도 있습니다. ……다만 쫓을 힌트가 없는 이상, 수색은 CIM에게 맡기기로 할까요.”

타당한 판단이었다.

이곳 지리를 잘 모르는 소녀들이 무턱대고 찾는다고 해서 발견되지는 않을 것이다.

“저희는 다음 가능성에 걸기로 하죠.”

그레테는 한층 힘이 들어간 목소리로 말했다.

“다린 황태자 전하의 장례식 전후— **보스를 죽이러 올 흰거미**를 붙잡는 겁니다.”

사라는 눈을 깜빡였다.

제안을 바로 이해할 수 없었다. 논리의 비약을 느꼈다.

지비아도 비슷한지 이상하다는 듯 고개를 갸웃했다.

"……응? 흰거미가 보스를 죽이러 올 근거는?"

"흰거미는 보스에 대한 남다른 집착이 있는 것 같습니다. ……보스는 다친 상태로 구속 중. 이 기회를 놓치지는 않을 겁니다. ……가능성은 결코 낮지 않아요."

미타리오 임무 직후에 들었던 그의 음성이 떠올랐다.

—『하지만 다음에는 죽일 거야. 너는 우리 『뱀』에게 진짜로 방해돼. 정말로 죽일 거야. 힘으로 밀어붙이는 방식은 이제 안 써. 확실하게, 꼼꼼하게, 주도면밀하게 너를 함정에 빠뜨리겠어.』

난폭한 어휘였지만, 범상치 않은 살의가 느껴졌었다.

이어서 릴리가 손을 들었다.

"장례식이란 거는요?"

"……나흘 후에 열린다고 정부가 발표했습니다. 각국에서 손님이 와서 참석자가 2천 명을 넘는 일대 식전이에요. 필연적으로 보스의 경호가 허술해지겠죠."

사흘간 감금당했던 릴리 일행은 몰랐던 정보였다.

—다린 황태자의 장례식.

대외적으로는 암살자가 붙잡혀 사망한 것으로 처리되었기에 바로 집행이 결정되었다. 흉탄을 맞은 세계적 영향력을 가진 왕족을 추모하는 의식은 펜드 연방의 견고한 국가 기반을 보여 주기 위해 각국의 왕족과 요인을 초대해 성대하게 이루어질 거라고 했다.

국가의 위신이 걸린 일이므로 두 번째 암살이 있어서는 안 됐다.

미네도 동의했다.

"네, 세계 각국에서 손님이 오면 당연히 스파이도 숨어드니까요! 방첩 부대는 눈코 뜰 새 없이 바빠요! 아하하! 애초에 우리가 『화톳불』을 지킬 의무도 없고요!"

CIM은 전국의 스파이와 경찰을 모아 테러를 경계해야 한다.

—즉, 흰거미가 클라우스와 접촉하기 쉬운 상황이 만들어진다.

거기까지 듣고 소녀들은「오오」하고 감탄했다.

물론 흰거미가 확실하게 올 거라는 근거는 없었다. 하지만 아무 단서도 없이 거리를 뛰어다니는 것보다도 확률은 상당히 높아 보였다.

"이, 이렇게나 범위가 좁혀지면 대책은 세울 수 있겠어요. 굉장해요, 그레테."

릴리가 그레테의 팔을 잡고 붕붕 흔들었다.

"그 가능성에 걸기로 하죠! 레츠 준비예요!"

"다만…… 흰거미를 붙잡는 데 있어서 큰 걱정거리가 있습니다."

릴리와는 대조적인 수심 어린 얼굴로 그레테가 말했다.

"오히려 문제는 이쪽이죠……."

심각한 목소리였다. 알려 주고 싶은 분석이 아직 더 있는 듯했다.

"흰거미 주위에서 배신이 빈발하는 게 신경 쓰입니다……."

클라우스의 스승이자 『화염』의 배신자— 기드를 사살한 사람은 흰거미였다. CIM을 배신한 『초록나비』를 조종하던 사람도, 『등불』

을 배신한 모니카에게 추격타를 가한 사람도 그라고 했다.

"애초에 모니카 씨가 단기간에 배신한 것 자체가 매우 의문스럽습니다……."

"확실히 솜씨가 너무 좋습다."

사라가 동의했다. 『등불』의 소녀들조차 모니카의 연심은 간파하지 못했었다. 그걸 단기간에 알아차리고 배신을 유도하다니 보통 기술이 아니었다.

"즉, 걱정거리란—."

그레테가 어렵게 말했다.

"흰거미는 아마도— 적이 배신하게 만드는 힘, 을 가지고 있는 게 아닐까요……?"

""""——!!""""

소녀들은 동시에 눈을 크게 떴다.

그레테의 추측은 납득 가는 부분이 있었다. 일반 시민 약 300명을 암살자로 바꾼 보라개미처럼, 『뱀』에는 초인적인 기술을 가진 자가 있다. 상식으로는 헤아릴 수 없는 힘을 흰거미가 가지고 있더라도 이상하지 않았다.

절망적인 소식이었다.

"그게 무슨 말이에요……?"

릴리가 눈을 홉떴다.

"혹시 또 배신자가 나오는 건가요……?"

흰거미가 그런 힘을 가지고 있다고 가정하고, 지금까지 어떤 일이 있었는가.

—CIM의 최고 간부을 자기편으로 만들어서 『배리어스』가 『봉황』과 『등불』을 습격하게 했다.

—모니카를 『등불』에서 고립시키고 클라우스와 싸우게 했다.

두 배신은 『등불』에 큰 상실을 안겼다.

말을 잇지 못하던 사라는 그레테의 손이 떨리고 있음을 알아차렸다.

"불안해요……. 밤에도 잘 수 없을 만큼……."

"그레테 선배?"

"만약 CIM 안에서 『뱀』에 붙는 자가 나타나면 보스의 목숨이 위험합니다……. 예를 들어, 이런 상상은 하고 싶지 않지만……."

그레테는 말하는 것조차 망설이듯 몇 번 입술을 깨물었다.

"—보스가 잡혀 있는 방에 독가스를 살포하면, 아무리 보스라도……!"

쉽게 상상할 수 있는 가능성이었다.

지금 클라우스는 다쳤고, 자유도 무기도 빼앗겼다. 아무리 그가 강해도 인간이다. 밀실에 치사성 가스가 가득 차면 죽는다.

뒤에서 미네가 「CIM에서 배신자가? 말도 안 돼요, 아하하!」 하고 웃었다.

하지만 그건 너무 낙관적인 견해였다.

"부탁드릴게요……. 부디 보스를 지켜 주세요……."

그레테가 호소하며 가까이 있는 릴리의 손을 잡았다.

"알고 있습니다……. 지금 제가 병실에서 나가 봤자 폐만 끼치겠죠……. 그러니 제발…… 부디 저 대신 보스를……!"

그레테의 눈에서 떨어진 눈물이 갱지를 적셨다.

생각을 적은 수많은 종이 다발. 그것에는 온갖 위기에 대응할 수 있도록 대책이 빽빽이 적혀 있었다.

불현듯 그레테의 몸에서 힘이 빠졌다.

"그레테 선배?!"

사라가 황급히 끌어안았다.

이미 그레테는 조용히 잠든 뒤였다. 역할을 다하고 안도한 것처럼.

병원에서 나오며, 소녀들의 말수는 적었다.

다친 동료를 문병하여 다시금 강한 사명감을 느꼈지만, 동시에 강한 위기감도 들었다.

적이 얼마나 흉악한지 새삼 인식했다.

—『거광』 기드가 배신하도록 만들어 『화염』을 괴멸로 이끈 남자.

—CIM 최고 기관의 일원을 자기편으로 만들어 CIM을 뒤에서 조종하던 남자.

—끝내 다린 황태자를 사살한 진짜 암살자.

여기까지만 열거해도 소녀들은 도저히 실현할 수 없는 기적을 이뤘다. 흰거미를 쓰러뜨리겠다는 선언은 얼마나 허무맹랑한 말이었는가.

가라앉은 분위기를 환기하듯 지비아가 말했다.

"하, 하지만 공략법이 없는 건 아니야! 모니카가 힌트를 남겨 줬잖아?"

사라와 릴리의 등을 동시에 때렸다.

"코드 네임 『형안』— 우리한테는 최강의 조력자가 있어."

펜드 연방으로 출발하기 직전에 『등불』이 정한 책략이었다.

뒤에서 미네가 「음? 『형안』은 누구죠?」 하고 반응했지만 무시했다. 『형안』에 관해서는 이름 이외의 정보는 절대 밝히지 않는 게 규칙이었다.

사라가 고개를 가로저었다.

"아뇨, 그렇다고 그 사람을 무턱대고 불러 봤자 소용없을 검다."

미네 옆에서는 자세히 말할 수 없지만, 『형안』은 모든 것을 해결할 수 있는 슈퍼스타가 아니었다.

우선은 자신들이 책략을 짜야 했다.

이 이상 그레테에게 부담을 줄 수는 없었다.

"어, 어쨌든 배신자를 경계하기로 해요!"

릴리가 조급하게 외쳤다.

"흰거미는 새로운 배신자를 만들지도 몰라요. 협력해서 당장 조사하죠. 만약 클라우스 선생님을 감시하는 CIM 사람이 배신했다면 큰일이에요."

그레테가 경고한— 새로운 배신자.

릴리가 지적한 대로 일단은 그 부분부터 알아내는 것이 타당하지만—.

"아하하! 그런 수사를 제가 허락할 리 없잖아요!"

—감시자인 미네가 그걸 허락할 리 없었다.

쾌활하게 웃으며 위압했다.

"근거도 부족한 그런 억측만으로 우리의 내부 정보를 염탐할 셈인가요?! 얌전히 처박혀 있어, 하인들!"

"……윽!"

화가 나지만 당연한 대응이었다. 온갖 조사를 인정해 줄 리는 없었다.

지비아가 적의 어린 시선을 보냈으나 그 이상은 아무것도 할 수 없었다. 지금 CIM과 적대하는 것은 좋지 못한 판단이다.

'부족함다…….'

사방이 꽉 막힌 상황과 직면하고 낙담했다.

이어서 무슨 행동을 해야 할지조차 보이지 않았다.

'정보도, 일손도, 실력도, 전부 부족함다…….'

무시무시한 흰거미의 능력, 얼마 남지 않은 시간. 클라우스는 면회할 수 없고, 소녀들을 포위한 CIM은 비협력적이다.

'하지만…… 이러고 있는 동안에도 모니카 선배가…… 보스가……!'

초조함에 사로잡혔다.

—흰거미를 붙잡지 않으면 모니카를 구할 수 없다.

—흰거미를 막지 않으면 클라우스가 죽는다.

알고 있는데도 활로를 찾을 수 없었다.

'하지만 지금 저희에게는 따로 의지할 수 있는 존재도 없습니다.'

분을 참으며 주먹을 쥐었다.

병원 앞에서 어쩌지도 못하고 서 있으니 미네가 소유한 무전기가 소리를 냈다. 뭔가 통신이 들어온 모양이었다.

미네는 한동안 무전기에 귀를 대고 있다가 히죽 웃었다.

"아하하! 또 다른 배드 뉴스예요."

어째선지 즐겁게 알려 줬다.

이 이상 나쁜 보고는 듣고 싶지도 않거늘.

"웃기네요. 아까 협력? 이라고 했나요? 하지만 유감스럽게도! 네놈들의 동료는 네놈들과 협력할 마음이 없는 것 같아요."

도발적인 어조를 듣고 지비아가 「뭔 소리야?」 하고 반응했다.

"지금부터 우리는 사살하러 갈 거예요."

미네가 재킷을 젖혀 홀스터에 수납된 권총을 보여 줬다.

"—『망아』 아네트가 병실에서 탈주했다고 해요."

◇◇◇

클라우스와 아멜리가 정보를 교환하고 있을 때, 아멜리의 부하가 몹시 험악한 모습으로 들어왔다.

상황을 간추려 설명했다.

—『망아』가 병원에서 모습을 감췄다.

『등불』의 소녀들에게는 행동의 자유가 보장되어 있지만, 감시도 없이 돌아다니는 것은 인정되지 않았다. 현재 움직일 수 있는 CIM 요원이 행방을 쫓고 있다고 했다.

클라우스에게도 의외인 전개였다.

감금당해서 아네트의 병실에 문병 갈 수 없었기에 전혀 예견하지 못했다.

"……상황이 상당히 안 좋은데."

저도 모르게 숨을 삼켰다.

"네."

아멜리도 고개를 끄덕였다.

"『망아』를 쫓는 건 『바나딘』 부대일 거예요."

"그런가. 당장 말리는 편이 좋아."

"네. 거기 사람들은 거칠어요. 어쩌면 추격자가 『망아』를 사살하고—."

"아니, 걱정되는 건 그쪽이 아니야."

단적으로 오해를 풀기로 했다.

"아네트가 추격자를 몰살할지도 몰라."

네? 하고 아멜리가 반문했지만, 농담으로 한 말은 아니었다.

모니카에게 패배한 아네트가 사나워질 것은 예상했었다. 좌절다운 좌절을 경험하지 못한 소녀다. 그리고 내면에는 전율이 일 정도의 사악함을 간직하고 있다. 그것이 처음으로 통렬하게 자극받았을 때, 폭발적인 화학 반응을 일으킬지도 모른다.

지금 생각해 보면 모니카는 아네트의 잠재 능력을 끌어내려고 했던 것이리라.

하지만 그건 클라우스조차 주저할 정도의 블랙박스다.

"……그 리틀 레이디는 정체가 뭐죠?"

아멜리가 중얼거렸다.

"제 부하를 일방적으로 해치웠다던데. 『자괴 인형』은 한쪽 팔을 절단당해 한동안 현장에서 물러나게 됐어요."

"그랬지. 난폭한 카드를 썼어."

클라우스가 지시한 일이었다.

아네트는 『배리어스』의 부관을 야습하는 일을 맡고 간단히 완수했다. 게다가 자른 팔을 웃으며 짓밟았다고 하니 무시무시했다.

"나도 그 녀석에 관해서는 모르는 점이 많아."

솔직히 밝혔다.

"이 잘못된 세계에 올바르게 순응한 무시무시한 무언가야."

존재 자체가 잘못됐다— 그런 말은 쓰고 싶지 않았다.

하지만 살인에 전혀 거리낌이 없는 소녀에게 어떤 평가가 타당할까.

"즉각 릴리, 지비아, 사라를 보내서 쫓는 편이 좋아."

"그게 좋을 것 같네요."

아멜리가 고개를 끄덕이고서 부하에게 신속히 지시를 내렸다. 길게 설명하지 않아도 대응해 주는 것에서 그녀의 총명함이 엿보였다.

"……그 아이들이 『망아』를 막을 수단을 알고 있는 거군요. 참고 삼아 묻겠는데, 그 수단이란 대체 어떤—."

"아니, 그 아이들은 아무것도 몰라."

"네?"

"아네트가 간직한 사악한 본성— 나는 그걸 부하들에게 아직 설명하지 않았어."

"……."

심히 어이없다는 시선을 받았다.

"그럼 어떻게 막으라는 거죠……?"

노려봐도 별수 없었다.

아네트의 사적인 부분을 멋대로 퍼뜨리고 싶지 않았다.

스파이라기보다는 교사로서의 판단이었다.

아네트도 자신의 본성을 의도적으로 숨기려고 했었다. 모친을 암살한 것도, 아르바이트 중에 만난 진상 손님을 습격한 것도, 동료가 알아차리지 못하게 실행했다.

"하지만 아네트를 막을 다른 수단은 없어."

클라우스는 고개를 가로저었다.

물론 클라우스를 방에서 꺼내 준다면 얘기가 달라지지만, 그건 이루어지지 않을 것이다.

아멜리가 납득하지 못한 모습으로 얼굴을 찌푸렸다.

"부하를 너무 믿는 거 아닌가요?"

"호오……?"

이미 그녀는 장기간 소녀들을 접했다. 뛰어난 관찰력으로 클라우스가 눈치채지 못한 걱정거리를 간파했을지도 모른다.

"아까부터 줄곧 생각했어요. 당신은 자기 제자를 상당히 높이 평가하는 것 같은데, 불과 얼마 전에 일어난 일을 까맣게 잊었나 봐요?"

"……뭘 말하는 거지?"

"제자에게 배신당했잖아요. ―당신은 교육자로서 실패했어요."

부정할 수 없는 말이었다.

모니카를 막지 못한 일을 말하고 있었다. 모니카의 보스로서, 그리고 교관으로서, 그 일은 뼈아픈 실책이었다.

즉, 하고 아멜리가 엄격한 음성으로 말했다.

"모니카의 배신은 그 아이들의 유대를 부수기엔 충분하지 않나요?"

◇◇◇

아네트의 탈주는 CIM에게도 충격적인 듯했다.

애초에 아네트는 병실에서 사지를 구속당한 상태였다.

또한 CIM이 관리하는 병동은 그 성질상 엄중한 보안을 자랑했다. 외부에서의 침입에도, 내부에서의 탈출에도 전용 패스워드와 열쇠가 필요했다. 다른 CIM 공작원과 함께 이동하지 않는 한, 출입은 불가능했다.

탈주자는 전대미문인 것 같았다.

"애초에!!"

휴로의 거리를 달리며 지비아가 외쳤다.

"아네트는 돌아다녀도 괜찮은 거야?! 그 녀석은—."

"당연히 절대 안정을 취해야죠!!"

릴리도 지지 않겠다는 듯 언성을 높였다.

"하지만 개의치 않고 돌아다니는 게 아네트잖아요!!"

사라 일행은 미네의 설명을 듣고서 득달같이 움직이기 시작했다. 병실에서 아네트의 침구를 입수하여 사라의 강아지에게 냄새를 맡게 하고 좇았다.

병원에서 멀리 가지 않았으리라고 판단하여 뒷골목으로 수색 범위를 좁혔다.

아직 이른 오후라고 할 수 있는 시간대였다. 거리에는 사람들이 넘쳐 났다. 환자복을 입고 안대를 찬 소녀가 돌아다니고 있다면 눈에 띌 것 같은데 좀처럼 발견되지 않았다.

당장 찾아야 하는 이유가 있었다.

우선 CIM이 탈주자를 인정할 리 없었다. 미네가 말한 대로 즉각 아네트를 사살할지도 몰랐다. 또한 아네트는 중상을 입었다. 상처가 악화되면 그녀의 목숨이 위험해진다.

'아네트 선배…….'

사라는 아네트의 심정을 생각하고 안타까움을 느꼈다.

좀 더 신경 썼어야 했다며 자신의 실책을 반성했다.

혼잡한 거리를 계속해서 나아가자 사라 앞에서 달리던 강아지가 방향을 전환했다.

"조니 씨가 반응했습다!"

강아지는 폴짝 뛰더니 어떤 공공시설의 출입구로 향했다.

큰길 옆에 있지만, 까만 입이 쩍 벌어져 있는 듯한 음산한 어둠.

"지하철임다!!"

휴로는 세계적으로도 빠르게 지하철을 도입한 도시였다. 도입 당시에는 매연을 뿜어내는 증기 기관차였으나 지금은 전기 기관차로 교체되었고, 선로는 도시 전체로 확대되어 있었다.

"역시 아네트. 도망치기 위해 지하로 숨어들었나요."

릴리가 속도를 높여 출입구로 뛰어들었다.

지하로 내려가는 계단은 조명이 적어서 어두웠다.

내려갈수록 햇빛이 멀어졌다. 환기 시스템은 가동되고 있는 것 같지만, 그래도 점점 숨이 막혔다. 매캐한 공기 때문에 목이 상할 것 같았다.

제아무리 아네트라도 지하철을 타지는 못할 것이다.

긴 계단을 다 내려가자 「관계자 외 출입 금지」라고 표시된 문이 있었다. 원래 꽉 닫혀 있어야 할 텐데 살짝 열려 있었다.

강아지가 그 문틈으로 들어가서 소녀들도 뒤를 따랐다.

"……비상용 통로인가요."

뒤에서 미네가 감탄한 듯 코멘트했다.

사고 발생 시나 점검 시에 이용할 수 있도록 지하철도에는 선로와 병행하여 사람이 다닐 수 있는 길이 있었다. 아네트는 그것을 이용하여 이동하고 있는 듯했다.

놓여 있던 비상용 손전등을 빌리고 걸음을 재촉했다.

"피야!"

몇 분 달렸을 때, 지비아가 통로 바닥을 손전등으로 비췄다.

바닥에 피가 묻어 있었다. 어둠에 녹아들듯 까만 기운을 머금은 빨강.

"역시 돌아다니면 안 됐던 거야! 어딘가에 쓰러져 있기라도 하면—."

지비아가 외쳤을 때, 마침 전기 기관차가 왔다.

거대한 쇳덩어리가 소녀들이 나아가고 있는 통로 바로 옆을 굉음을 울리며 달려갔다. 차량의 강한 빛이 통로를 비췄다.

아, 하고 제일 끝에 있던 릴리가 말했다.

어둠 속에서— 아네트가 피를 토하며 주저앉아 있었다.

콘크리트 벽에 기대앉아 눈을 감고 있었다.

입에서 피가 흐르고 있었다. 통로에 점점이 떨어져 있던 것은 아네트가 토한 피였던 모양이다.

"아네트, 선배……?"

차량이 지나가고 다시 통로에 정적이 찾아왔을 때, 사라가 아네트를 불렀다.

"상처가 벌어졌습다……. 당장 병원으로 돌아가죠……."

손전등 빛을 비추자 아네트가 눈을 떴다.

살아 있기는 한 것 같았다. 병원에서 탈주하긴 했지만 도중에 용태가 악화된 걸까.

'하지만 평소와 분위기가 다른 것 같은데…….'

무심코 숨을 삼켰다.

지비아는 주저 없이 「야, 괜찮아?」 하고 다가갔다.

그러자 아네트가 일어남과 동시에 뭔가를 휘둘렀다. 흡사 채찍 같은 것이 통로 바닥을 때렸다.

점검 통로에 강한 불꽃이 튀었다.

"'—읏!!'"

지비아와 릴리가 동시에 후방으로 뛰었다. 두 사람과 부딪친 사라도 비명을 질렀다.

아네트의 오른손에 두꺼운 전선이 쥐어져 있었다.

훔친 단검으로 통로에 있던 배선을 뜯어냈을 것이다. 절연 외피 밖으로 구리선이 삐져나와 합선되어 작은 불꽃을 뿌리고 있었다.

"나님한테 신경 꺼요."

평소의 아네트와는 다른 무감정한 목소리였다.

전선에서 튀는 불꽃이 어둠 속에 선 아네트의 옆얼굴을 비췄다.

"나님— 모니카 누님을 죽이러 갈 거예요."

손끝이 저릿했다.

찬물을 뒤집어써서 숨이 턱 막히는 느낌이었다.

사라가 아는 『망아』 아네트는 언제나 순진무구하게 웃었다. 입다물고 있으면 천사처럼 사랑스러웠다. 기행이 두드러지고, 주위 사람들을 난처하게 만드는 행동을 자주 하는 문제아지만, 소녀들의 마음에 힐링을 주는 작은 여자아이.

—눈앞에 있는 것은 사라가 모르는『무언가』였다.

"릴리…… 사라……."

지비아의 목소리가 떨렸다.

"……방금 그 발언, 농담이 아니야……. 진짜 살의야……."

지비아도 아네트가 이상하다는 것을 느낀 듯했다.

지금까지 소녀들이 아네트의 이질성을 전혀 못 느꼈던 것은 아니다. 뭔가 비밀이 있다는 건 함께 임무를 수행하면서 예상했다.

그러나 이건 도가 너무 지나쳤다.

—상대가 모니카여도, 자신을 상처 입힌 자는 말살한다.

그게 바로 아네트가 누구에게도 보이지 않았던 측면인가.

미네가 한 발짝 앞으로 나오더니 재킷 안으로 손을 넣었다. 권총을 꺼내려고 했다. 릴리가「잠깐만요!」하고 황급히 만류했다.

당장 설득해야 했다. 안 그러면 미네가 발포할지도 모른다.

"아네트 선배."

우선 아네트와 친한 사라가 호소했다.

"모니카 선배는 동료임다. 아네트 선배를 습격한 건, 분명 이유가—."

"동료라뇨?"

아네트는 눈 하나 깜짝 안 했다.

"나님, 누님들을『유쾌한 장난감』으로만 여기는데요."

"……!"

"얼른 돌아가 주세요. 나님을 방해하지 말아요!"

목을 조르는 듯한 공허함이 괴로웠다.

아네트의 말은 거짓말이 아닌 것 같았다. 지금까지 『등불』에서 웃었던 것은 아네트가 있기 편한 환경이었기 때문일까. 유대라는 빈약한 정 때문은 아니었던 거다.

자신을 불쾌하게 만든 이는 말살 대상이다.

그게 클라우스여도, 사라여도, 지비아든, 티아든, 그레테든, 에르나든, 릴리든, 모니카든, 불쾌함을 느꼈다면 주저 없이 목숨을 뺏는다.

—있는 것은 「나님」이라는 궁극의 자기중심주의.

천사 같은 웃음 속에 숨어 있던 사악함이 드러나 앞을 가로막고 있었다.

어떻게 설득하면 좋을지 알 수 없었다. 교착 상태가 이어졌다.

먼저 자세가 무너진 것은 아네트 쪽이었다.

"윽!!"

괴롭게 피를 토하며 한순간 휘청거렸다.

"아네트!"

지비아가 외쳤다.

하지만 지비아가 한 걸음 내딛자 몸을 가눈 아네트가 전선을 휘둘러서 더 앞으로 갈 수 없었다. 전혀 접근을 허락하지 않았다.

아네트가 아직 병원에서 요양해야 할 상태인 것은 명백했다.

그러나 걱정하는 것조차 허락하지 않았다.

지비아가 분한 듯 뒤로 물러났다. 이 직선 통로에서는 지비아의 순발력으로도 대응하기 어려웠다.

릴리가 입술을 깨물며 한 발짝 앞으로 나갔다.

"윽— 알았어요. 아네트의 살인을 도울게요."

지비아가 「뭐?」 하고 의아한 표정을 지었다.

사라는 의도를 이해했다. 릴리의 말은 본심이 아니다. 지금은 형식상 아네트의 소망을 인정하고 병원으로 데려갈 셈인 거다.

"모니카를 죽이는 걸 도울게요. 그러니까 우선 상처를 치료해요. 모니카가 어디 있는지 모르잖아요? 찾는 것도 도울게요. 그러니까—."

"그런 거짓말은 됐어요."

아네트는 차갑게 말을 내뱉었다.

"누님. 아직도 나님을 머리 나쁜 애송이라고 생각하는 건가요?"

"—윽!!"

빛이 없는 얼음장 같은 눈을 마주하고 릴리가 얕은꾀를 부끄러워하듯 숨을 삼켰다.

얄삽한 말은 간단히 받아넘겨진다.

"나님, 정말로 모르겠어요."

아네트가 짜증스레 전선을 휘둘렀다.

배선끼리 스치며 불꽃이 튀어 어둠 속에서 아네트의 얼굴이 하얗게 떠올랐다.

"왜 이렇게 누님들이 나님을 만류하는지! 동료가 뭔데요? 왜 사람을 죽이면 안 되는 건데요?!"

떼를 쓰듯 전선을 휘둘러 무수한 불꽃이 만들어졌다.

천장에서 터지고, 벽에서 터지고, 바닥에서 터져, 공기를 태웠다.

"왜 나님은 모두와 다른 거죠?! 왜 그걸 숨겨야만 하는 거죠?!"

불꽃이 터졌다.

"나님은 답답하다고요!! 나님의 눈에 보이는 게 너무너무 싫어요!!"

불꽃이 터졌다.

"어른이 되면 이 새빨간, 새빨간 것에서 벗어날 수 있는 건가요?!"

—새빨간 것?

사라는 아네트의 말을 이해할 수 없었다.

하지만 그건 추리할 수 없는 말이었다. 아네트에게는 아네트에게만 보이는 세계가 있고, 자신들은 지각할 수 없다.

—아네트를 이해할 수 없다.

아네트는 지금 필사적으로 뭔가를 호소하고 있었다. 자신의 본성을 드러내며 통렬한 감정을 토로하고, 몸이 아픈 걸 참으며 외치고 있었다.

하지만 사라는 그저 서 있을 수밖에 없었다.

옆에 있는 지비아와 릴리도 똑같았다. 가만히 바라볼 수밖에 없었다.

다른 『등불』 소녀가 여기 있었어도 똑같았으리라. 교섭을 잘하는 티아도, 뛰어난 지략을 가진 그레테도, 상대할 수 있을 리가 없다.

사람을 죽이는 것으로만 충동을 발산할 수 있는 존재와 어떻게

마주해야 하는가?

"아하하! 이제 한계겠죠."

미네의 건조한 목소리가 울렸다.

"잘 모르겠지만, 머리가 회까닥 돌아 버린 거예요, 『저거』. 냉큼 물러나 주세요. 제 《절음향》으로 제압한 후 총살하겠어요."

지비아와 릴리가 동시에 「『잠깐!』」 하고 호소했으나 미네는 담담히 「그럼 어떻게 설득할 건데요?」 하고 인상을 썼다.

대답하지 못하는 소녀들을 보고 미네는 아하하 웃었다.

"네놈들은 결국 입만 산 거예요."

이를 보이며 비웃었다.

"흰거미를 쓰러뜨리겠다고 떠들어 댔지만 결국 뭘 할 수 있는데요? 응? 대답해 봐! 동료 한 명 설득하지도 못하면서 말이야! 아하하! 진짜 짜증 나!"

"……윽."

릴리가 입술을 깨물었다.

"무엇도 못 되는 하인들이 나대지 마!"

동그란 음향 병기를 꺼내려고 하는 미네.

그리고 그것을 막으려고 하는 릴리와 지비아.

통로 안쪽에서는 새로운 발소리가 들려오고 있었다. 다른 CIM 요원이 달려온 것이다. 도착하면 미네에게 가세하여 아네트를 공격할 것이다.

남은 시간은 별로 없었다.

CIM과 아네트의 죽고 죽이는 싸움이 촉발된다.

'……그건 안 됩다.'

최악의 결말을 떠올리고 사라의 마음이 공포에 사로잡혔다.

이대로 있으면 아네트가 죽을지도 모른다.

하지만 아네트를 놓치면 새로운 문제가 일어날 것이 불 보듯 뻔했다.

'절대 아네트 선배를 죽게 해선 안 됩다.'

상황을 타개해야 했다.

하지만 릴리와 지비아의 말도 아네트의 심금을 울리지는 못했다. 설득은 실패로 끝났다.

일반적인 상식이 통하지 않는, 이해할 수 없는 존재와 대화할 수 있는 사람 따위—.

"——!!"

거기까지 생각한 순간, 사라는 조용히 숨을 들이마셨다.

각오를 다졌다.

전선을 움켜쥐고 있는 아네트에게 다가갔다. 뉴스보이캡을 고쳐 쓰고, 이번에는 크게 숨을 들이쉬어 폐에 공기를 가득 채웠다. 제지하는 지비아와 릴리의 목소리를 뿌리치고 앞으로 나아갔다.

"아네트 선배."

힘껏 미소 지었다.

"—더는 무서워하지 않아도 됩다."

일순 아네트가 얼떨떨한 얼굴로 입을 벌렸다.

그 틈을 놓치지 않았다.

"코드 네임『초원』— 뛰어다닐 시간입다."

전방으로 뛰쳐나가 팔을 휘둘렀다.

지하철용 선로에 숨겨 뒀던 동물들에게 지시를 내렸다. 매, 비둘기, 쥐, 개. 사라가 데리고 있는 애완동물의 총력. 어둠 속에 숨어 있던 그들이 아네트를 에워쌌다.

"윽?!"

허를 찔린 아네트의 움직임이 멈췄다.

그와 거의 동시에 사라는 접근을 마쳤다. 저항하려는 상대의 팔을 지나쳐 뒤에서 끌어안듯 아네트를 제압했다.

"—이제 괜찮습다."

사라가 아네트의 머리를 쓰다듬고 껴안았다.

"괜찮아요. 괜찮으니까! 더는 무서워하지 않아도 됩다."

"누님, 놔 주세요!"

아네트가 외쳤다.

"나님은 무서워하는 게 아니에요! 그저 이해할 수 없을 뿐이에요!"

동물들이 치대는 게 거북했는지 이미 전선은 놓은 뒤였다. 몸을 비틀며 사라의 포옹에서 벗어나려고 했다. 날뛰는 아네트의 힘은 어마어마했다.

"나님! 기분 나빠요! 이 새빨간! 새빨간 게 싫다고요!"

아네트만 이해할 수 있는 말을 계속 했다.

"누님들은! 나님을 답답한 우리에 가둘 뿐이에요!"

강렬한 노호.

"안 그러면! 누님들은 언젠가 나님을 나쁜 놈 취급하며 죽이겠죠!"

마치 비명 같았다. 계속 소리 지른 탓에 목소리도 쉬었고 숨도 헐떡이고 있었다.

사라는 조금도 힘을 풀지 않고 아네트를 껴안았다.

"우리 따위에 가두지 않습다!"

지지 않겠다는 듯 외쳤다.

"악인인 것이, 사람을 죽이는 것이, 아네트 선배를 부정할 이유가 되지는 않아요."

"그럼, 나님은 어떻게 해야—."

"아무것도 바뀌지 않아도 돼요!"

사라는 아네트의 뺨을 만졌다.

"—설령 아네트 선배가 엄청난 악인이 되어도, 저는 받아들일 겁다."

지비아와 릴리가 「허……?」 하고 얼빠진 소리를 냈다.

포옹을 풀지 않았다. 기도하듯 입술을 깨물고 아네트의 몸을 놓지 않았다. 사라의 애완동물들도 매달리듯 아네트에게 붙어 있었다.

사라는 알고 있었다.

말이 통하지 않는 상대에게 가장 먼저 해야 할 일은 설득이 아니

다. 물론 교섭도 아니고 징벌도 아니다.

—**허용하는 것이다**.

아네트를 「말이 통하지 않는 무언가」라고 인식했을 때, 바로 답이 나왔다.

오히려 자신이 잘하는 분야가 아닌가. 매와도, 비둘기와도, 쥐와도, 개와도 마음을 주고받아 왔다.

일단은 받아들이는 것. 상대의 모든 것을 이해해 주는 것. 지도 같은 건 나중에 해도 된다.

그것은 사라의 자랑거리인— 단 하나뿐인 장점이니까.

조금씩 아네트의 힘이 약해지기 시작했다.

"……나님……."

입에서 중얼거림이 흘러나왔다.

"……나쁜 아이로 있어도 되나요?"

"물론입다. 나쁜 아이인 채로 살 수 있는 방법을 저와 함께 생각해 봐요."

사라는 아네트의 산발이 된 머리를 다정하게 쓰다듬었다.

이윽고 아네트는 사라에게 체중을 맡겼다.

잠시 후, 고른 숨소리가 들려왔다. 눈도 감겨 있었다. 아까 그레테가 그랬듯, 아네트도 체력의 한계였던 모양이다.

릴리와 지비아가 동시에 달려와서 크게 한숨을 쉬었다.

"진정됐어……? 말도 안 돼……."

갑작스러운 변화를 믿을 수 없는지 미네가 눈을 부릅뜨고 있었다.

아네트를 모른다면 놀랄 만도 했다. 차분히 있으면 천사처럼 사랑스러운 소녀니까.

물론 상당히 위험한 선택이었다. 까딱 잘못했으면 아네트에게 살해당했다.

몸이 뜨거웠다. 땀이 폭포수처럼 흘렀다. 피가 온몸을 세차게 휘돌고 있는지, 가슴에 손을 얹지 않아도 심장이 쿵쿵 뛰고 있음을 알 수 있었다.

그 빠른 고동에 촉발된 것처럼 말이 나왔다.

"—무엇도 못 되는 건 아닙니다."

"아?"

"미네 씨, 아까 한 말, 정정해 주세요. 『무엇도 못 되는 하인들』이라는 말. 제게는 응원해 주는 사람이 있습니다."

아연해하는 미네를 보았다.

화가 나지는 않았다. 아네트를 도울 수 있었던 건 미네의 언동이 어떤 소중한 말을 상기시켰기 때문이었다.

—『네가 찾는 거야. 스파이로서의 이상을, 싸움법을, 그리고 사는 방식을.』

존경하는 제2의 스승에게 받은 과제였다.

"마침내 제가 목표할 이상적인 스파이가 뭔지 알았어요."

미네에게서 시선을 떼지 않고 확실하게 말했다.

"『등불』의 수호자— 저는 동료를 단 한 명도 죽게 두지 않는 스파이가 될 겁니다."

망설임은 없었다.

사라에게는 임무의 성공보다도, 스파이로서의 사명보다도 소중한 것이 있었다.

이 답을 전한다면 모니카는 어떤 표정을 지을까. 그렇게 상상하며 아네트의 등에 살며시 얼굴을 문질렀다.

◇◇◇

클라우스가 대기하는 방에 다시 아멜리의 부하가 찾아왔다. 사라 일행이 아네트를 붙잡았다고 보고했다. 무사히 병원으로 데려간 것 같았다.

"역시 막아 줬나. —극상이야."

아네트를 달랜 사람은 틀림없이 사라이리라. 말이 통하지 않는 동물과 마음이 통하는 사라라면, 한 줌의 용기만 낸다면 아네트에게도 대응할 수 있을 터다.

안도하고 있으니 아멜리가 벌레 씹은 얼굴을 했다.

"……전부 계산했던 일인가요."

자신의 예상이 빗나간 것이 부끄러운 듯했다.

"아니, 그럴 리가. 그리고 네 지적도 옳았어."

클라우스는 고개를 가로저었다.

"나는 교육자로서 한 번 실패했어. 좀 더 모니카를 봐줘야 했어."

"……인정하는 거군요."

"물론이지. 하지만 전부 틀렸다고 인정할 마음은 없어."

부하를 대했던 방식을 후회하지 않는 것은 아니다. 미숙함이 괴롭기도 했다.

그러나 확실하게 성장을 이루는 소녀가 있는 것도 사실이었다.

"교육자로서의 내 진가는 그 아이들이 증명해 줄 거야."

분명하게 단언할 수 있었다.

그녀들의 교관으로서 오기는 있었다. 미숙하다는 것은 잘 알지만, 자신이 할 수 있는 최선은 다했다. 훈련에 힘쓰던 소녀들을 누구보다도 가까이에서 보아 왔다.

앞으로 소녀들이 보여 주리라. 교육의 성과를.

아멜리가 의자에 고쳐 앉았다. 마음을 진정시키듯 몸을 틀더니 「하지만」 하고 강한 시선을 보내왔다.

"거듭 말하는데, 그 아이들이 흰거미를 쓰러뜨리는 건 역시—."

"물론 어려워. 하지만 너야말로 놓치고 있지 않나?"

의아한 듯 눈을 깜빡이는 아멜리에게 클라우스는 잘라 말했다.

"나 또한 흰거미를 죽일 생각이야."

소녀들에게만 맡기고서 태평하게 기다릴 리 없었다.

모니카를, 『봉황』을, 자신의 부하들을 고통스럽게 한 대가는 반드시 치르게 할 것이다.

복도에서 발소리가 들렸다. 발소리에 섞인 절그럭절그럭 보석들이 스치는 듯한 소리를 들으며 문을 보았다.

"너희 CIM도 마찬가지겠지. 왕족을 죽인 흑막을 끝장낼 생각이지?"

문 너머에서 대답이 돌아왔다.

"물론이야……. 우리 CIM도 『뱀』을 용서할 마음은 전혀 없어."

방 앞에서 아멜리의 부하가 허둥거리는 소리가 들린 후, 문이 열렸다.

아멜리가 「……네이선 님!」 하고 외치고서 황급히 자세를 바로 했다.

예정보다 상당히 빠른 도착이었다.

온몸에 장식품을 단 30대 중반의 남자였다. 고관절까지 오는 긴 머리와 양팔을 뒤덮을 정도로 낀 팔찌가 기묘한 분위기를 풍겼다. 커다란 보석으로 꽉꽉 채워진 팔찌는 흔들릴 때마다 거슬리는 소리를 냈다.

"……이렇게 만나는 건 오랜만이네, 론."

세계 최고봉의 첩보 기관 CIM의 정점에 군림하는 최고 기관 『하이드』― 그 일원.

―『저주술사』 네이선.

"아아, 우아하군……."

출세한 줄은 몰랐다.

"그건 당시에 쓰던 가명이야. 보통은 클라우스라는 이름을 쓰고 있어."

클라우스가 말하자 아멜리의 눈이 휘둥그레졌다.

"네이선 님, 화톳불과 아는 사이십니까?"

"……예전에 임무 때문에 알게 된 사이지. 벌써 4년 전인가."

네이선이 팔찌를 잘그락거렸다.

"이 친구가 지금보다 폭력적이고 아름다웠을 때야."

"지금도 충분히 폭력적입니다."

"아니, 예전에는 감당할 수가 없었어……. 신이 보낸 성수(聖獸) 같았지."

4년 전, 스승 기드와 활동하던 시절, CIM의 첩보 부대와 같은 타깃을 두고 싸웠었다. 네이선과 『화염』은 세계 대전 시절에 함께 싸운 적도 있었기에 화해하게 되었다.

"클라우스, 『홍로』 일은 유감이야. 그녀와는 몇 번 대면한 적이 있어. 그때마다 마법처럼 아름다운 수완을 보여 줘서 넋을 잃었었는데……."

"지금은 추억을 이야기할 때가 아니야."

클라우스가 고개를 가로젓자 네이선은 「그렇지」 하고 작게 입꼬리를 비틀었다.

마침내 최고 간부와 직접 이야기할 기회를 얻었다.

"아멜리."

네이선이 말했다.

"미안하지만 퇴실해 주겠어?"

"……예, 알겠습니다."

"너를 고생시키는군. 하지만 그 일에 착수해 줬으면 해."

일순 아멜리는 회의에 참석할 수 없는 것에 희미한 불만을 내비쳤으나, 곧장 생각을 고친 듯 빠르게 나갔다.

지금부터 최고 기밀을 이야기하게 된다. 때로는 부하조차 속여야 할 정도의.

문이 닫힌 순간, 네이선이 입을 열었다.

"자, 너라면 이미 책략은 준비해 뒀겠지……?"

"두 개를 준비했어."

클라우스는 즉답했다.

"『군더더기가 전혀 없고 실현하기도 쉬운 최고의 작전』, 『위험하고 비용이 들며 실현하기 어려운 최악의 작전』— 뭐부터 얘기하면 되지?"

네이선이 팔찌를 잘그락거리며 「우아하군」 하고 미소 지었다.

◇◇◇

사라 일행은 아네트를 병원까지 데려갔다.

이 이상 소동을 키울 수 없기에 구급차는 부를 수 없었다. 되도록 사람이 없는 뒷골목을 이용해 잠들어 버린 문제아(아네트)를 이송했다.

CIM 측에 연락하는 것은 미네가 맡아 줬다.

도중에 아네트를 업은 지비아가 불쑥 중얼거렸다.

"근데 괜찮은 거야?"

"네?"

옆에서 걷던 사라가 반응했다.

"아네트한테 그렇게 말한 거 말이야. 좀 위험한 것 같은데……."

아까 사라가 했던 발언이 걱정되는 듯했다.

—바뀌지 않아도 된다. 악인이어도 받아들이겠다.

사라는 아네트의 불안을 인정함으로써 그녀의 걱정을 달래는 데 성공했다.

하지만 지금 생각해 보면 확실히 위험한 발언이었을지도 모른다.

"기, 기세만으로 엄청난 말을 해 버린 것 같습다……!"

"그런 거였어?!"

"그때는 아네트 선배를 진정시켜야 한다는 생각밖에 없어서……!"

사라는 고개를 끄덕였다.

"하, 하지만 괜찮을 겁다."

그렇게 대답하고, 머리 위에서 날고 있는 매를 자신의 모자에 앉혔다.

모자를 벗어 매의 깃털을 쓰다듬었다. 사라의 제일가는 파트너, 버나드였다.

"버나드 씨도 이래 봬도 꽤 못된 아이입다. 정말로 화났을 때는 제가 말려도 사람을 공격하기도 해요. 그래도 훌륭한 파트너예요."

사라는 이어서 아네트의 등을 쓰다듬었다.

"그러니까 아네트 선배와도 잘 지낼 방법은 있습다. 본인이 바란다면."

"동물이랑 똑같은 취급인가……. 하지만 그렇지. 그게 너의 강함이야."

지비아는 납득한 듯 고개를 끄덕이고서 사라의 머리를 다정하게 두드렸다.

"좋은 목표잖아. 『등불』의 수호자— 너라면 될 수 있어."

"네, 힘내겠습다……!"

선언하긴 했지만, 면전에서 들으니 낯간지러웠다.

지비아와 사라가 웃고 있자 뒤에서 릴리가 고개를 갸웃했다.

"그러고 보니 큰 의문이 남아 있어요."

릴리는 이상하다는 듯 아네트를 바라보았다.

"아네트는 어떻게 병실에서 탈주한 거죠? 구속당한 상태였잖아요?"

"물론이죠! 아하하!"

제일 뒤에서 눈을 번뜩이고 있던 미네가 외쳤다.

"한 건 해결했다는 분위기인데. 우리의 감시를 따돌리고 탈주한 건 큰 문제예요! 알겠어요? 뒷감당은 어떻게 할 거죠?"

변함없이 웃고 있지만 눈만큼은 노여워하고 있었다.

"역시 네놈들도 전부 감금해 둬야 해요!"

비웃듯이 노려보았다.

곧장 현실로 돌아온 기분이었다.

—상황은 전혀 달라지지 않았다.

흰거미의 행방은 일절 불명. 그리고 그는 배신 공작을 잘한다는 의혹이 있다. 하지만 경계하려고 해도 CIM은 소녀들의 자유를 허락하지 않는다.

—힘이 부족하다.

심지어 미네는 한층 더 소녀들의 행동을 제한하려 들었다. 지비아에게 성큼성큼 다가가서 그녀가 업고 있는 아네트를 거칠게 흔들었다.

"이봐, 우선 실토해! 어떻게 병실에서 탈주했지? 실토하라고!"

지비아가 얼굴을 찌푸리고서 「야, 깨겠어」 하고 휙 물러났다.

몸이 흔들려서 아네트가 깨어나 버린 것 같았다. 「으아……?」 하고 중얼거리더니 언짢은 눈으로 미네를 노려보았다.

잠꼬대하듯 말을 흘렸다.

"……『봉황』의 가면남이 나님의 탈주를 도와줬어요."

""""어……?""""

생각지 못한 대답을 듣고 소녀들은 눈을 크게 떴다.

◆◆◆ ◆◆◆ ◆◆◆

『개풍』 크노는 아네트의 병실에 서 있었다.

흰 가면을 쓴 거구의 남자. 과묵하긴 하지만 확실한 공작 기술을 가진 그는 『봉황』의 멤버였다. 임무에서는 주로 파괴 공작과 암살을 맡아 안 보이는 곳에서 팀을 도왔다.

아네트와 역할이 비슷한 스파이였다.

병실에 숨어든 그는 침대 위에 있는 아네트를 조용히 바라보았다.

아네트는 괴로워하고 있었다. 치솟는 분노를 터뜨릴 대상을 찾으며 날뛰고 있었다. 그녀를 구속하는 쇠사슬이 소리를 냈다. 구속은 풀리지 않았다. 비명을 지르고 드러누웠다. 눈을 감고 쉬려고 해도 자신을 파괴한 모니카의 모습이 머릿속에 떠오르는지 재차 격앙했다.

"……옳다."

크노는 그 애처로운 모습을 조용히 지켜보았다.

"……사로잡힌 혈족이여. 격정에 미쳐 모든 것을 깡그리 파괴하고 싶은가……?"

그는 아네트의 팔을 구속하는 쇠사슬을 만졌다.

작게 고개를 끄덕이더니 주머니에서 쇳조각을 꺼내 그녀의 머리맡에 놓았다.

"……가라."

크노가 쓸쓸하게 중얼거렸다.

"이것도 네가 바뀌기 위한 의식이다……."

◆◆◆ ◆◆◆ ◆◆◆

"『봉황』……?"

사라 일행은 눈을 크게 뜨고서 굳었다.

—『개풍』 크노가 아네트를 도왔다.

아네트의 말을 그대로 받아들인다면 그런 뜻이 된다.

하지만 있을 수 없는 일이었다. 그는 죽었다. 『배리어스』의 습격을 받아 목숨을 잃었다.

아니나 다를까 미네가 웃음을 터뜨렸다.

"그럴 리가 없잖아요! 아하하! 『뜬구름』을 제외하고 『봉황』이 사망한 건 우리도 알고 있어요. ……아, 너 이 자식, 자지 마! 야!"

아네트는 힘이 다했는지 다시 잠들었다. 미네의 아우성에 귀를 기울이지도 않고 편안하게 지비아의 등에 업혀 있었다.

—다른 사람도 아니고 아네트다. 대충 발언했을 것이다.

—혹은 시끄러운 미네를 골리기 위한 장난.

그렇게 받아들이는 것이 적절했다. 아니, 틀림없었다. 『봉황』의 멤버가 이미 죽었다는 것은 『등불』이 받아들일 수밖에 없었던 사실이다.

하지만 그 망언은 사라에게 어떤 힌트를 줬다.

전설상의 어떤 생물이 머릿속에 떠올랐다.

"……불사조."

"응?"

릴리가 고개를 갸웃했다.

"아지랑이 팰리스의 벽면에 그렸잖아요. 『등불』과 『봉황』의 증명으로……."

벌써 한 달 전 일이다.

『봉황』과 『등불』이 교류했던 밀월의 마지막 밤— 아침까지 떠든 멤버는 다 같이 아지랑이 팰리스의 벽면에 커다란 그림을 그렸다.

—불새.

누군가가 말을 꺼냈다. 『등불』과 『봉황』의 연대의 상징.

전설상의 불사조. 누구도 죽지 않길 바라는 마음을 담아 그렸다. 하지만 엄밀히 말하자면 불새는 죽지 않는 게 아니었다. 수명이 다하기 직전에 타오르는 불에 스스로 뛰어들어 되살아나는 거였다.

불새는— **되살아나는 새다.**

"……그래요. 이건 『등불』과 『봉황』의…… 처음이자 마지막 합동 임무니까…… 힘이 부족하다면 그들의 힘을 빌리면 됨다……!"

다행히 미네는 아네트를 업은 지비아를 신경 쓰고 있었다.

미네에게 들리지 않도록 릴리에게 말했다.

"『봉황』을 되살리기로 하죠."

그것이야말로 흰거미를 타도하기 위한 책략.

무력한 소녀들을 도와줄 사람은 그들밖에 없다.

그렇다면 의지하자.

설령 그것이 다시는 말을 나눌 수 없는 사별한 동포더라도.

2장 흰거미

CIM은 다린 황태자의 장례식에 대비해 준비를 착착 진행하고 있었다.

이 장례식은 국내외에 어필하는 자리였다.

황태자를 죽인 하수인을 체포하는 데 시간이 걸려서 국내에서는 열흘 넘게 동란이 이어졌었다. 정부와 경찰, 첩보 기관에 대한 국민의 불신감은 여전히 남아 있었다.

펜드 연방은 견고하다고 국내외에 보여 줄 필요가 있었다.

무자이아 합중국이 경제력으로 추월하면서 펜드 연방의 국제적 지위는 떨어졌다.

왕실은 펜드 연방이 합중국보다 뛰어나다 여기는 자랑거리 중 하나였다. 라이볼트 여왕은 역사 깊은 펜드 왕국의 후손이고, 왕국이 지배하는 14개국의 연합체— 펜드 연방의 수장이었다. 그 위신을 다시금 세워야 했다.

세계 각국에서 왕족과 국가 원수, 퍼스트레이디, 국무 장관 등이 모이는 자리다. 샤린다 사원에서 열릴 예배에는 2천 명 이상의 국빈이 참례한다. 또한 궁전에서 사원으로 시신을 이동할 때는 왕족이 장례 행렬에 참여해 두 시간 넘게 시내를 걸을 예정이었다.

식전 중에 테러나 폭동이 일어나서는 안 됐다. 반정부 사상을 가진 자는 엄중히 단속하여 미연에 사고를 막아야 했다.

총력을 기울여 식전 준비가 진행되었다.

그런 가운데, 특무 기관 『배리어스』의 수장인 아멜리는 어떤 밀명을 받았다.

◇◇◇

CIM 본부 지하의 신문실에서 아멜리는 그 인물을 다시금 관찰했다.

보면 볼수록 믿을 수 없었다.

나이는 스물을 넘기지 못했을 것이다. 소녀라고 할 수 있는 얼굴이었다. 키가 크고 늘씬한 체격. 양쪽 어깨에서 팔꿈치까지 나 있는 금이 간 듯한 상흔이 반소매인 죄수복 밖으로 노출되어 있었다.

희미하게 웃고 있었다. 톱니 같은 치아가 설핏 보였다.

—『마술사』 밀레나.

CIM의 최고 기관 『하이드』의 일원. 관습에 따라 배속된, 3왕녀의 차녀.

그리고 그녀에게는 다른 이름도 있다고 했다.

—『초록나비』.

모니카가 휘두른 단도에 베여 한동안 의식 불명의 중태였지만, 드디어 대화가 가능한 상태까지 회복되었다.

그녀는 『뱀』 편에 붙었다고 했다. 그 정보는 모니카로부터 클라우스에게, 클라우스로부터 아멜리에게 보고되었다. 받아들이기 어려운 이야기였지만, 사실을 뒷받침하는 상황 증거는 많았다.

—『하이드』에 배신자가 숨어 있었다.

CIM의 근간을 뒤흔들지도 모르는 그 사실을 아는 것은 『배리어스』의 일부와 『하이드』의 멤버뿐이었다. 그녀에 대한 신문은 네이선의 지시로 비밀리에 결행되었다.

입회인은 아멜리 한 명뿐이었다.

"그럼 시작하겠습니다, 밀레나 님— 아뇨, 이제 『초록나비』죠."

단둘뿐인 지하실에서 책상을 사이에 두고 마주했다.

"전부 이야기해 주셔야겠어요. 당신이 왜 조국을 배신했는지, 전부."

"……."

상대는 한동안 입을 열지 않았다.

아멜리를 가늠하는 듯한 시선을 보내며 얕은 호흡을 이어갔다.

"……여기서 날 내보내. 『하이드』인 내게 덤비려는 거야?"

"당신은 이제 『하이드』가 아닙니다."

협박은 상대하지 않았다.

"가령 당신이 배신자가 아니라고 치죠. 하지만 우리는 다린 황태자 전하의 암살을 막지 못했고, 『소진』의 폭주를 허락하여 많은 구성원이 다쳤습니다. 전부 당신이 가져온 정보— 『봉황』이라는 스파이팀이 전하의 암살을 꾀하고 있다는 루머가 발단이었습니다."

"……윽."

"우리는 늘 올바르며 틀리지 않는다— 당신은 이제 CIM에 불필요한 인재예요."

모니카는 최종적으로 50명 이상의 첩보원에게 중경상을 입혔다. 사망자는 나오지 않았지만, 이 실책은 누군가가 책임져야 했다.

—모니카는 그녀를 철저히 파멸시킨 것이다.

아햐, 하고 귀에 거슬리는 소리가 들렸다.

"아~ 그래그래, 그렇게 된 거구나~ 짜증 나네~ 우민들."

도발하는 듯한 가학적인 미소를 짓고 있었다.

심상치 않은 분위기에 아멜리는 살짝 숨을 삼켰다.

"……그게 당신의 본래 어조입니까?"

"진짜 유감스러워. 너희 너무 쓸모없어. 『배리어스』가 『봉황』을 모두 죽였다면 얘기는 거기서 끝이었어. 『등불』에게 완봉당하지 않았다면 그나마 나았겠지. 끝내는 모니카 한 명을 잡으려고 100명 넘게 몰려가서 된통 당하다니 바보 아니야?"

어깨를 으쓱이고서 실실 비웃었다.

"너희가 너무 허접해서 미가 졌어."

아멜리는 주먹을 휘둘렀다. 책상으로 상체를 내밀어 뺨을 향해 세게.

다친 초록나비가 주먹을 피할 수 있을 리 없었다.

"이곳은 신문실이에요. 제멋대로 발언하는 곳이 아니죠. 분수를 알려무나, 미련한(실리 걸) 아이야."

후방으로 세게 날아간 초록나비는 엎어진 자세로 혀를 찼다.

"……쯧. 사람을 막 치네."

"당신의 경력은 조사했어요."

아멜리는 자리에서 일어나 엎어져 있는 초록나비를 부츠로 걷어 찼다. 한마디씩 말을 끝낼 때마다 부츠를 신은 발로 초록나비의 몸을 밟았다.

"본명은 뤼르스. 3왕녀의 차녀로 태어났지만, 펜드 연방에는 왕족 중 한 명을 첩보 기관의 최고 간부로 임명하는 관습이 있었어요. 존재를 말소당하고 스파이로서 엘리트 교육을 받았죠. 30년의 근무 기간이 끝날 때까지 자유가 없는 가혹한 숙명이에요. 그래도 당신은 나라를 위해 진력했어요."

전신에 빠짐없이 멍을 만들고 나서 일단 발을 멈췄다.

"다린 전하와도 사이가 좋았던 것 같네요."

"……맞아."

초록나비가 고통스러워하며 말했다.

"다린 삼촌, 같은 느낌?"

그 시절에는 『하이드』도 그녀를 상당히 아꼈을 것이 틀림없다.

왕실이 하얗다고 말하면 모든 것이 하얗게 물드는 나라다. 왕족의 영향력은 지대하다. 왕족과 첩보 기관의 다리가 되어 준 그녀에게 큰 도움을 받았을 것이다.

하지만 그런 나날은 갑자기 무너졌다.

"당신은 다린 황태자 전하의 『비밀』에 도달한 거죠?"

"……."

"그건 조국을 팔고 가르가드 제국 편에 붙을 정도의 금기였어요.

—아닌가요?"

억측의 영역을 넘지 않지만 단정적으로 말했다.

허세가 빛을 발했는지 초록나비가 살짝 반응했다.

"뭐야."

눈이 뜨였다.

"조금은 알고 있잖아. 아하하, 왕에 관해서는 조금도 의심하지 않는 고지식한 여자인 줄 알았어."

"……."

원래 아멜리는 그랬다. 왕족을 신망하며 그저 충실하게 『하이드』를 위해 이바지했다.

하지만 클라우스가 말했다. —『모든 것을 다시 의심해라』.

그 말을 곧이곧대로 들은 것은 아니지만, 『등불』과 싸우고 패배한 것과 『초록나비』의 존재는 지금까지 아멜리가 쌓아 올린 가치관을 흔들었다. 통렬한 회한과 함께.

초록나비는 떨리는 팔로 바닥을 짚고 거칠게 호흡하며 천천히 일어났다.

눈을 크게 떴다.

아멜리는 손가락 하나 까딱할 수 없을 만큼 그녀를 벌했을 터다. 이제껏 100명 이상의 스파이를 신문하면서 몸을 일으킨 자는 없었다.

"같이 나누고 싶어……!"

그녀의 입술이 괴롭게 움직였다.

"금기— 그래, 맞아. 있어서는 안 될 진실을 알았어. 그런데 아무도 안 믿어. 믿어 줄 리가 없지. 그 남자는 손을 댄 상태였는데. 《효암(노스탤지어) 계획(프로젝트)》을 도우려고 했어……! 용서할 수 없었어. 절망했어. ……그런 일은 용납되지 않으니까!"

처음에는 소곤거리는 목소리였는데 뒤로 갈수록 점점 열을 띠었다.

이윽고 초록나비는 두 다리로 일어나 아멜리에게 강한 시선을 보냈다.

"모니카라면 같이 나눌 수 있을 줄 알았는데 말이야. 미의 최고의 파트너로서."

"……《효암(노스탤지어) 계획(프로젝트)》이란 건 뭐죠?"

처음 듣는 말이었다.

초록나비는 피가 섞인 침을 뱉고서 재미있다는 듯 미소 지었다.

"정말 알고 싶어? 알면 더는 돌아갈 수 없는데?"

"……."

너무 순순히 말해 줘서 의문스러웠다.

초록나비의 태도는 짜증 나는 부분이 있지만, 대화는 충분히 성립하고 있었다. 《효암 계획》이라는 미지의 정보를 간단히 실토해 줬다.

불온한 예감이 들었으나 물러날 수는 없었다.

아멜리는 「누군가의 꼭두각시가 되는 건 그만뒀어요」 하고 대답했다.

"모든 것을 의심하고, 모든 것을 알아서, 저는 제 판단으로 이 나라의 번영에 이바지하고 싶어요. 가르쳐 주세요. **다린 전하는 대체**

어떤 과오를 범한 거죠?"

"괜찮은 눈을 하게 됐네."

초록나비는 톱니 같은 이를 보이고서 비틀거리며 의자로 돌아갔다.

아멜리도 책상 앞으로 돌아가 그녀와 마주했다.

"그걸 가르쳐 주려면 그 남자에 관해 말해야 해."

"그 남자?"

"2년 전, 미는 만났어. 절망의 구렁텅이에서, 그 저열한 자식과."

초록나비는 아멜리의 반응을 즐기듯 고했다.

"흰거미— 녀석이야말로 실질적으로 『**뱀』을 만든 남자야.**"

◇◇◇

초록나비의 신문이 시작됐을 무렵, 흰거미는 은신처에서 타자기와 마주하고 있었다.

무시무시한 사실이 발각되었기 때문이다.

—소설가가 마감 날짜를 어겼다.

코카인에 중독된 소설가 디에고 크루거와 계약한 출판사에서 원고를 재촉했다. 『지금 당장 안 보내면 집으로 가겠다』라는 전보가 도착했다.

마감 날짜는 한참 전에 지난 상태였다.

제삼자가 집에 오는 것은 흰거미에게 있어서 좋지 않은 일이었다. 하지만 디에고는 약물이 보여 주는 꿈에 빠진 채 한 글자도 원고를 진행하지 않았다. 흑사마귀는 외출 중이었다.

흰거미가 원고를 쓸 수밖에 없었다.

"제정신인가?! 보통 이런 국면에서 소설가 흉내를 내냔 말이야! 나는 왕족을 죽인 진짜 테러리스트라고!"

자신에게 태클을 걸었다.

"말도 안 되잖아아아아아아아아아아아아아아아!!"

하지만 아우성쳐 봤자 목소리가 허무하게 메아리칠 뿐이었다.

그러는 동안에도 출판사에서 전화가 왔다.

《크루거 선생님! 원고는 어떻게 됐죠?! 지금 당장 집에 가겠습니다!》

"여보세요, 저는 선생님의 어시스턴트입니다. 지금 선생님은 예의 집필 중이에요. 방해하면 죽인다."

흰거미는 집어 든 수화기를 바로 내려놓고 한숨을 쉬었다.

'……어쨌든 쓸 수밖에 없나.'

동서고금, 스토리가 막힌 소설가의 최종 수단은 정해져 있었다.

체면이고 체통이고 내다 버리고. 자기 자신의 생애를 떼어다 파는 것이다.

◇◇◇

예전에 흰거미는 가르가드 제국 육군에 소속된 군인이었다.

패전의 영향으로 괜찮은 직업이 없어서 육군에 들어간지라 훈련도 열심히 하지는 않았다. 세계 대전 이후 연합국과 강화 조약을

맺은 결과, 가르가드 제국은 군비가 제한되었다. 패전한 탓에 육군 자체가 국민에게 비난받고 있었다.

저격총을 이용한 원거리 사격에 재능이 있다는 사실이 판명되었으나, 이제는 저격수 한 명이 전황을 크게 좌우하는 시대도 아니었다. 크게 평가받지는 못했다.

이윽고 상급 장교와 말썽을 일으켰고, 귀찮아져서 퇴역을 신청했다.

—스무 살의 무직 시절.

그의 인생에서 가장 자유를 누리던 시기였다.

하루의 즐거움은 값싼 병맥주를 사서 공원에 드러누워 자는 것이었다.

정비되지 않은 잔디밭 위에서 하늘을 올려다보는 것이 좋았다.

'아마도 지금 내가 있는 곳은 세계에서 가장 약한 나라일 거야…….'

밤바람을 맞으며 수도에 늘어선 첨탑을 올려다보았다.

'기고만장해져서 펜드 연방과 라일라트 왕국에 싸움을 걸고 훌륭하게 반격당한 세계의 악역…… 식민지는 대부분 포기하여 이름뿐인 『제국』이 되고…… 국가 예산의 몇십 배인 배상금을 물게 된 패전국…….'

가르가드 제국의 수도는 치안이 좋다고 할 수 없었다.

부유층은 부흥 버블로 재산을 모아 뮤지컬과 콘서트를 즐겼다. 반면 빈곤층은 밤마다 거리를 헤매며 광견 같은 눈으로 호구를 찾아다녔다.

밤이 되면 공원에는 돈과 술, 약과 성(性)이 모였다.

타케마치
일러스트
토마리
스파이 교실
《초원》의 사라
08
L BOOKS
스파이 교실 08 《초원》의 사라
발매 기념 초판 한정 특전
©Takemachi, Tomari 2022
KADOKAWA CORPORATION
[NOT FOR SALE]

『보호자』

“어떻게 해야 나도 에르나와 아네트의 엄마가 될 수 있을까?”
“예? 이상한 버섯이라도 드셨어요?”
티아에게 갑자기 질문받고 사라가 고개를 갸웃했다.
아지랑이 팰리스에서 점심을 먹은 후였다.
요리 담당이었던 사라와 티아가 설거지를 끝냈을 때, 갑자기 질문이 나왔다.
저도 모르게 살짝 매서운 태클을 걸고 말았지만, 티아는 기분이 상한 것 같지 않았다.「아니, 그런 게 아니라」하고 변명했다.
“지금은『등불』의 리더가 릴리라는 사실을 겸허히 받아들이고 있지만, 내 목표는 홍로 씨. 언젠가『화염』같은 조직의 보스가 될 존재야.”
눈에는 강한 힘이 담겨 있었다.
“그러려면 동료의 마음 정도는 사로잡아야지.”
“그, 그렇게 말씀하셔도…….”
사라는 곤란한 듯 눈썹을 내렸다.
티아의 목표는 응원하고 싶으나, 애초에 자신이 에르나와 아네트의 엄마라는 자각 따위 없었다. 특수조의『보호자』취급을 자주 받지만 납득한 것은 아니었다.
고개를 가로저었다.
“하지만 티아 선배도 두 사람과 친하잖아요?”
한때『등불』이 두 팀으로 나뉜 적이 있었다. 그때 에르나와 아네트를 챙긴 사람은 주로 티아였을 터다.
티아는 멋쩍은 듯 눈을 피했다.
“이, 일단 그렇긴 한데.”
“……?”
사라가 고개를 갸웃했을 때, 마침 누군가가 옆을 지나갔다.
에르나가 주방에 있는 장바구니를 집어 들고 있었다.
“어머, 에르나. 장 보러 가려고?”
가장 먼저 티아가 미소 지었다.
“후후, 가끔은 나랑 같이 안 갈래? 이 티아 언니가 어리광을 받아 줄게. 품에 꼭 끌어안고 머리를 쓰다듬—.”
“사라 언니!”
에르나가 기운차게 손을 흔들었다.
“사라 언니가 가르쳐 준 스콘 가게에 갔다 올게!”

"아, 네. 차 조심하세요."
사라가 웃어 주자 에르나는 기쁜 듯 코를 실룩이며 흥 웃고 현관 쪽으로 걸어갔다. 티아의 존재는 눈에 들어오지 않은 모양이라 일부러 무시한 것은 아닌 듯했다.
하지만 무시당한 티아는 어깨를 축 떨구고 있었다.
"역시 진짜 엄마는 이길 수 없어!!"
"진짜 엄마는 아닙다!"
듣자 하니 아네트의 태도도 비슷한 것 같았다. 어느 정도 의사소통은 되지만, 아네트와 가장 우호적으로 이야기할 수 있는 사람은 사라라고 했다.
"시, 신경 쓸 일은 아닙다."
사라는 위로하듯 티아의 등을 쓸었다.
"두 사람은 조금 독특한 감성을 가지고 있어서…… 물론 그런 부분도 귀엽지만, 어, 어쨌든 낙담하지 않아도 됩다."
"저, 정말로?"
"네! 두 사람은 티아 선배도 아주 좋아합다."
"……엄마아."
"티아 선배의 엄마도 아닙다."
어리광 부리듯 팔을 뻗었기에 찰싹 때렸다.
아무리 동료여도 넘지 않았으면 하는 선은 있었다.
토라진 듯 입술을 삐죽이는 티아를 달래고 있으니 뒤에서 새로운 인물이 나타났다.
"어~이, 사라."
모니카였다.
즐거운 기색으로 사탕이 든 병을 들고 있었다.
"얼마 전에 괜찮은 과자가 손에 들어왔으니 같이…… 우와, 티아가 있잖아. 그럼 나중에."
그러나 바로 혀를 차더니 주방에서 나갔다.
교대하듯 새로운 인물이 들어왔다.
"사라, 잠깐 괜찮을까?"
클라우스였다.
"미안하지만 동물을 한 마리 빌려줬으면 하는데…… 음, 티아도 있었나. 너무 나쁜 물이 들지 않도록 해."
그도 마찬가지로 눈썹을 찌푸리더니 사라와 임무에 관한 이야기만 하고서 주방을 떠났다.
"……."
사라는 아무 말도 하지 못했다.

옆에 있는 티아는 어색한 듯 눈을 내리깔고 있었다. 그 등은 평소보다 작아 보였다.
가엾다는 생각이 들었지만, 역시 지적하지 않을 수 없었다.
"……티아 선배, 평범하게 동료한테 미움받고 있지 않나요?!"
"네가 너무 사랑받고 있을 뿐이야!!"

부자와 가난뱅이가 뒤섞인 수도의 광경은 패전의 상처를 서로 위로해 주고 있는 것처럼 보였다.

—그는 약함을 사랑했다.

—푼돈 외에는 아무것도 가지지 않은 채 멍하니 하늘을 올려다보는 시간을 좋아했다.

싸움이 일어나면 약한 쪽을 편들었다. 여자를 때리는 남자가 있으면 주저 없이 걷어찼다. 직장에서 문제를 겪고 있다고 푸념하는 자가 있으면 해결을 도와줬다. 올바르게 두려워하고 올바르게 깔본다— 그런 자신의 신조에 따라 비겁한 처세로 말썽에 대처했다.

그렇게 푼돈을 얻어 길거리 생활이나 다름없는 나날을 보냈다.

전 세계 어디에나 있는 못난 청년이었다.

"신기한 우연도 다 있군. 나도 약자를 좋아해."

어느 날 밤, 그 중년 남성은 술병을 들고서 나타났다.

삶에 찌든 아저씨라는 인상이었다. 알코올 도수가 높은 술을 홀짝홀짝 마셨다. 군데군데 찢어진 지저분한 재킷을 걸치고 있었다. 배가 불룩 튀어나왔고, 희끗희끗한 머리는 빗은 흔적도 없었다.

드러누워 있는데 옆에 왔고, 술잔을 주고받다 보니 흥이 올랐다. 「오~ 죽이 맞잖아. 아저씨」 하고 손뼉 쳤다.

남자는 기뻐 보였다.

오른손을 입에 대고서 「허허!」 하고 외쳤다. 기쁘면 소리를 지르는 타입의 주정뱅인 듯했다.

"그런데 자네는 왜 약자를 좋아하지?"

남자가 술병을 기울이고 입을 열었다.

"좋아하는 이유 같은 건 관심 없어."

드러누운 채 입꼬리를 비틀었다.

"남자가 엉덩이 큰 여자한테 끌리는 이유를 일일이 생각하진 않잖아."

"대충 말해 줘도 돼."

"그럼, 강한 녀석은 잘난 척하는 게 꼴 보기 싫으니까."

"상당히 조무래기 같은 말이군."

"하지만 사실이잖아? 우리나라 군인이 타국 사람을 얼마나 많이 죽였는데? 그리고 연합국 군인이 우리나라 국민을 얼마나 많이 죽였는데?"

"……그게 화가 난다는 건가?"

"전 세계 모든 나라가 똑같이 약하면 전쟁 따위 안 일어나. 맥주병을 한 손에 들고 딸치고 있으면 아무도 안 죽여도 돼."

"맞는 말이야."

적당히 문답을 주고받자 남자가 또 「허허!」 하고 뜬금없이 외쳤다.

새끼손가락으로 귀를 후비고 웃었다. 이렇게 어디 사는 누군지도 모르는 사람과 의미 없는 대화를 나누며 시간을 때우는 것도 좋아했다.

그러자 남자가 생각지 못한 말을 했다.

"—수도 최약의 트러블 버스터."

"엉?"

"그게 자네의 별칭이지? 푼돈 수준의 보수만 받고, 인맥도 재산도 주거도 없는, 잃을 게 없는 광견. 상당히 별난 청년이야."

눈을 깜빡였다.

상대는 일방적으로 자신을 알고 있는 것 같았다. 기분이 상하지는 않았다. 취해 있었다.

남자는 세게 어깨를 두드렸다.

"우리 보스가 마음에 든다더군. 허허! 꼭 소개해 주고 싶어."

그는 기쁜 모습으로 술병을 들었다.

"―자네가 사랑하는 세계가 유린당하려 하고 있어. 함께 세계를 구하지 않겠나."

그리고 알게 되었다.

배 나온 주정뱅이 남자는―『남메뚜기』라는 이름을 쓴다는 것 같았다.

◇◇◇

알코올 때문에 머리가 돌아가지 않았다. 남메뚜기의 이야기를 반쯤 재미 삼아 들었다.

쾌활한 중년 주정뱅이는 술 냄새 나는 숨을 내뱉으며 「우리는

『뱀』이라는 기관이다」「세계를 돌아다니는 스파이다」 같은 말을 떠들고, 때때로 「허허!」 하고 밤하늘을 향해 외쳤다.

이런 허무맹랑한 이야기를 진지하게 받아들일 리도 없었다.

그가 따라오라고 해서 밤거리를 걸었다. 어떤 곳으로 데려갈지 기대되었다.

―가르가드 제국의 방위부였다.

말도 안 된다고 생각했다.

건물은 소등 상태였다. 남메뚜기는 태연하게 「정무관에게 부탁해서 사람을 물렸어」라고 말했다. 여벌 열쇠를 사용해 뒷문으로 진입하여 익숙한 모습으로 탈의실에 들어가더니 로커에서 재킷을 꺼내고 허름한 겉옷을 벗어 던졌다.

이쯤 되니 머리가 차갑게 식었다.

"소개하지."

남메뚜기의 목소리가 갑자기 각이 잡혔다.

"저분이 『뱀』의 보스다."

방위부의 응접실에서 그 인물이 기다리고 있었다.

눈을 마주쳤을 뿐인데 온몸의 핏기가 가시고 무의식적으로 숨이 멎었다. 『보면 안 되는 것』이라고 받아들였다. 살면서 처음 겪는 일이었다.

위압감이 드는 고요한 시선을 보내고 있었다.

모든 설명은 남메뚜기가 해 줬다.

갑자기 진지한 어조가 된 그가 《효암 계획》이라는 계획이 비밀리에 진행되고 있다는 것, 『뱀』은 그것을 저지하는 첩보 기관이라는 것, 가르가드 제국의 종래의 첩보 기관과는 독립된 기관이라는 것 등을 설명했다.

도저히 믿을 수 없는 내용이었다.

당황하고 있으니 『뱀』의 보스가 입을 열었다.

"《효암 계획(노스탤지어 프로젝트)》의 목적은."

꺼칠한 목소리였다.

"약자를 세상에서 없애는 거야."

그 한마디를 끝으로 다시 남메뚜기가 설명을 계속했다.

그는 증거를 보여 줬다. 사진과 녹음 등이 사실을 뒷받침했다.

알려 준 계획은 듣기만 해도 간담이 서늘해지는 내용이었다. 최소한으로 잡아도 수백만 명의 사람이 죽게 된다. 인류사의 금기. 본능적으로 저지해야 한다고 느꼈다.

자신이 사랑하는 세계가 유린당한다는 말에 거짓은 없었다.

하지만 계획을 저지하는 것이 얼마나 어려운 일인지도 바로 이해했다.

일단 세계 각국의 권력자가 움직이게 해야 한다. 하지만 그런 짓을 하면 다른 첩보 기관과 대립하게 되리라.

"자, 잠깐만 기다려 봐! 하고 싶은 말은 알았어! 의심 안 해!"

"오~ 믿어 주는 건가. 역시 똑똑하군. 어처구니없는 얘기라며 싹

둑 잘라 버릴 줄—."

"아아, 고마워. 하지만 이해할 수 없는 문제가 하나 있잖아."

"응응?"

"—나한테 뭘 시킬 셈이야?"

침을 튀기며 아우성쳤다.

이야기의 스케일에 압도되었다. 다리가 후들거렸다.

"이해가 안 가. 『뱀』이란 조직은 세계를 전복시키기 위한 기관이잖아? 그런 대단한 팀에서 나 같은 게 뭘—."

"멤버 권유야."

남메뚜기가 말했다.

"엉?"

"너에게는 그 재능이 있다고 보스가 꿰뚫어 봤어."

그는 부끄러워하지도 않고 고했다.

"현재 『뱀』의 멤버는 두 명. 보스와 나뿐이야."

"허……?"

입을 벌린 채 움직일 수 없었다.

놀라는 자신을 보고 그들은 자조하듯 어깨를 으쓱였다.

다음 순간, 몸속 깊숙한 곳에서 요동치는 듯한 웃음이 솟구쳤다. 눈앞에 두 사람이 있는데도 아랑곳하지 않고 배를 잡고 웃었다.

"아하하, 아하하하! 진짜?! 진짜로?! 너희! 고작 두 명이서 세계의 이름난 첩보 기관과 맞서 싸우려는 거야?! 대체 어디서 승산을 본 거야?!"

"할 말 없군."

남메뚜기가 어깨를 으쓱였다.

"마음에 들었어, 보스. 그리고 남메뚜기 아저씨. 나는 약한 것의 편이야."

눈꼬리를 훔치며 말했다.

"진짜로 세상에서 가장 약한 첩보 기관이잖아, 『뱀』."

머지않아 『뱀』은 「베일에 싸인 첩보 기관」으로서 세계 각국에 충격을 준다.

종래의 가르가드 제국과는 다른, 정보가 없는 강대한 기관이 나타났다면서.

하지만 그 평가와 실태는 크게 달랐다.

창업이라도 하듯 세 사람이 세운 작은 첩보 기관이었다. 웬만한 탐정 사무소보다도 사람이 적었다. 그렇기에 정체불명.

―고작 세 사람이 세계와 맞서 싸우는 기관이었다.

◇◇◇

『뱀』의 보스가 『흰거미』라는 이름을 줬고, 남메뚜기가 스파이의 기술을 가르쳐 줬다.

그들은 흰거미에게서 어떤 재능을 발견했다고 했다.

—사람의 약함을 사랑하는 힘.

가난뱅이와 어깨동무를 하고서 「나도 돈이 없어」 하고 당당하게 웃을 수 있는 것, 실연한 자에게 「나도 애인 만들고 싶어!」 하고 한탄할 수 있는 것, 직장 내 인간관계 때문에 고민하는 자에게 「그 마음 이해해~」 하고 진심으로 동의해 줄 수 있는 것.

그는 얘기하지 않아도 상대의 약점을 알고 진심으로 공감하는 천성적인 기질을 갖추고 있었다.

「뛰어난 스파이를 모은다기보다 죽이 맞는 술친구를 찾는다고 생각하면 돼. 그쪽이 자네의 성격에 맞겠지」라는 것이 남메뚜기의 말이었다.

그런가? 하고 머리를 긁적이며 겉으로는 동의했다.

"하지만 남메뚜기 아저씨. 나랑 죽이 맞는 녀석을 찾으면 아마 못난 녀석들만 모일 거야. 조직에서 고립된 변태라든가."

"그거면 돼."

남메뚜기는 크게 고개를 끄덕였다.

"오히려 그편이 좋아."

흰거미는 몇 년에 걸쳐 각국의 첩보 기관과 접촉해 인재를 찾았다.

예상대로 그것은 『뱀』에 큰 힘을 보탰다.

무자이아 합중국 첩보 기관 『JJJ』의 『궁기(窮奇)』. 새로운 이름은 『흑사마귀』.

우선 가르가드 제국을 찾은 스파이를 눈여겨보았다.

제국의 방첩 기관 『유곡』도 줄곧 인지하고 있던 남자였다. 임무보다도 자신의 의수를 개조하는 데 열심이라 조국에서 보내는 자금을 횡령해 부품을 사고 있었다. 이따금 떠올린 것처럼 본국에 가짜 보고서를 송부하고 『자금을 보내라. 지금이 고비다』라고 요구했다.

의수에 대한 그 비정상적인 집착이 흰거미는 매우 마음에 들었다.

"너— 사실은 영웅이 되고 싶지?"

흰거미는 그의 아지트를 방문하여 말했다.

"하지만 대단한 임무도 없어서 동료를 속이고 틀어박혀 있어. 꼴불견이네."

"네놈은 뭐지?"

그가 살기 어린 시선을 보냈다.

흰거미는 어깨를 으쓱였다.

"너보다 볼품없는 남자야."

몇 번 말을 주고받았을 뿐인데 경계를 풀 수 있었다. 《효암 계획》에 관해 말하자 그는 『뱀』 편에 붙기로 했다.

후드를 벗지 않는 키 큰 남자는 오른팔 세 개를 가볍게 휘둘렀다.

"……아아, 역시 내 잠재 능력을 꿰뚫어 보는 자가 나타났나. 이것도 운명인가."

뷰마루 왕국 첩보 기관 『커스』의 『사육사』. 새로운 이름은 『은매미』.

다음으로 흰거미와 동년배인 여성 스파이를 찾아냈다.

원래부터 자국의 첩보 기관에 불신감을 가지고 있었다. 살찐 정치가들의 비위를 맞추기 위해서만 움직이는 것에 절망한 상태였다. 목숨을 걸 만큼 정부를 믿지 않았다. 누구에게도 들키지 않게 숨기고 있어도 흰거미에게는 전해졌다.

"공감해. 나는 썩을 정치가의 자동차에 껌을 붙이는 게 아침 일과야."

어떤 정치가의 별장 앞에서 권유했다.

그녀는 아무튼 망설임이 없었다. 판단이 빨랐다. 곧장 『뱀』 편이 되겠다는 취지를 전했다.

"귀공은 은인이야. 이토록 얘기가 통하는 붕우도 없겠지. 꼭 충성을 맹세하고 싶어."

헤어밴드를 한 여성은 호위하던 정치가를 암살한 후 선언했다.

"이 은매미! 조국을 욕보이고 전 세계의 구더기들을 박멸해 내겠어!"

라일라트 왕국 첩보 기관 『창세군(創世軍)』의 『데이모스』. 새로운 이름은 『보라개미』.

흰거미가 그를 알게 된 것은 요행이었다. 무자이아 합중국에서 습격받고 그의 마음에 들었다. 다만 그의 마음에 들었다는 것은 유언을 듣고 싶다는 의미였다. 당장 죽이지 않고 괴롭힌 후에 죽이는 것으로 바뀔 뿐이었다.

구속당한 흰거미를 향해 즐겁게 전기 충격기를 드는, 온화한 얼굴의 호리호리한 남자.

그에게서 느낀 것은 모골이 송연해질 정도의 폭력 충동이었다. 너무나도 끔찍한 힘을 뭔가 다른 힘이 억누르고 있는 듯한.

포섭하는 데는 긴 시간이 필요했다.

"저는 관심 없어요. 물론 서중앙 나라들이 전쟁으로 고통받는 동안 태평하게 인생을 즐기던 합중국 녀석들은 마음에 안 들지만요."

"당신, 보아하니 이미 노예를 몇 명 만든 것 같은데."

흰거미는 도발적으로 미소 지었다.

"하지만 사실은 좀 더 날뛰고 싶지 않아? 『니케』의 명령으로 자제하고 있는 건가?"

꺼낸 이름은 세계적으로 유명한 스파이였다.

—라일라트 왕국 최강의 방첩 요원 『니케』.

업계에서 모르는 사람이 없는 전설의 공작원. 그녀가 보라개미를 감시하고 있다고 바로 알아차렸다. 『니케』 정도는 되어야 눈앞의 괴물을 억압할 수 있다.

"본능을 드러내. 전부 부수고 싶다는 충동, 나라면 이해해 줄 수 있어."

눈앞에 있는 무시무시한 존재에게 겁내지 않고 계속 말을 건넸다.

이윽고 보라개미는 승낙했다.

"……그렇죠. 미타리오에서 왕으로 군림하는 것도 제법 나쁘지 않겠어요."

이렇게 2년에 걸쳐 『뱀』의 멤버를 모았다.

이전까지 백수였던 청년치고는 매우 파격적인 성과였다. 기적에 가까운 공적이었다. 하지만 그 활동들이 어떤 존재를 불러들였음을 흰거미는 알아차리지 못했다.

그리고『뱀』에 있어서 큰 전환점이 되는 남자와 조우하게 되었다.

◇◇◇

처음으로『뱀』의 멤버가 한곳에 모이는 날이 찾아왔다.

각 멤버와 몰래 연락을 나눠서 남메뚜기와 보스에게 소개할 계획을 세웠다. 자잘한 연락, 밀입국 절차, 각 첩보 기관을 속일 공작을 전부 흰거미가 혼자 담당하여 준비를 진행했다. 한 명씩 일정을 다르게 잡는 것보다도 한꺼번에 모이는 편이 효율적이라고 생각했다.

—그런 치명적인 실수를 저질렀다.

애초에 첩보 기관의 멤버를 한자리에 모을 필요는 없었다.

남메뚜기가 사전에 들었다면 확실하게 말렸을 것이다. 그러나 거듭된 권유 성공으로 자만하고, 피로 때문에 판단력이 떨어져 있었던 흰거미는 그런 우책을 채용했다.

그들은 중립국에 모였다. 제국에서 그리 멀지 않은 산간 지역이었다.

모임 당일, 흰거미는 내내 분주했다.

낮에는 비행장에 가서 보라개미를 맞이했다.

"응, 거미 군. 잘했어요. 왕은 확실하게 맞이해야죠."

항공기에서 내려온 그는 열 명의 인간을 노예로 거느리고 있었다.

"상으로 벌을 주겠어요. —세 번 죽어."

"무슨 뜻이야?!"

저녁에는 흑사마귀에게서 참가하기 싫다는 전화가 왔다.

《점쟁이가 말하길 내 운세가 안 좋다고 했어. 은퇴할 시기일지도 몰라.》

"잔말 말고 얼른 와!!"

밤이 되자 역 근처 골목에서 은매미와 합류하고 문제 행동을 알게 되었다.

"흰거미 공! 어젯밤 카지노에서 활동 비용을 전액 날렸는데—."

"빌려줄게!"

아무튼 멤버에게 휘둘렸다.

'혹시 나는『뱀』에서 가장 입장이 약한가……?'

고참일 텐데 너무한 취급이었다.

납득할 수 없다는 마음을 품으며 일을 진행했다.

보스와 남메뚜기는 이 나라의 외딴섬에 있는 별장에 몸을 숨기고 있다고 했다. 자세한 내용은 듣지 못했지만, 보스는 늘 거처를 바꿔야만 하는 사정이 있는 것 같았다.

—『흰거미』,『흑사마귀』,『은매미』,『보라개미』.

네 사람이 항구에 도착했을 때, 마침내 흰거미는 자신의 실책을 자각했다.

"오오~? 뭔가 유쾌한 녀석들이 모여 있네."

적이 잠복해 있었다.

남색 재킷을 걸치고서 표표하게 웃는 남자가 먼저 배에 앉아 있었다. 어깨에는 스파이에게 어울리지 않는 칼 한 자루를 걸치고 있었다. 위엄 있는 턱수염을 길렀지만, 입가에 머금은 유쾌한 웃음 때문에 경박한 인상을 줬다.

"『궁기』, 『사육사』, 『데이모스』인가……. 안목은 나쁘지 않네. **이미 우리 보스가 눈여겨보던 스파이**를 모으다니, 제법이잖아."

칼을 든 남자가 천천히 일어났다.

"뭘 시작하려는 거야? 버섯 머리."

움직일 수 없었다.

다리의 감각을 잃은 것처럼 꼼짝 못 했다.

스파이 업계의 상식은 남메뚜기에게 얼추 배웠다.

—이 세계에는 압도적인 전투 기술을 가진 자가 두 명 있다.

인류의 도달점이라고 표현할 수 있을 만큼 엄청난 폭력. 정면으로 싸우면 절대 승산이 없다. 도주하거나 속여야 한다. 맞서 싸우면 죽음은 확실하다.

—망치를 쓰는 여자. 라일라트 왕국. 수도를 수호하는 패자『니케』.

—칼을 쓰는 남자. 딘 공화국. 『화염』의 넘버2『거광』.

그중 후자가 가늠하는 듯한 시선을 보냈다.

기백과 살기는 느껴지지 않았다. 네 사람의 존재를 알면서도 적의를 보이지 않았다.

"4 대 1이야! 흰거미 공."

은매미는 그를 모르는 것 같았다. 흥분한 목소리로 말했다.

"수상한 놈은 살육해 주겠어!"

양손에 주사기를 가득 꺼내고서 칼을 든 남자에게 달려갔다.

그녀가 움직였으니 자신들도 지원해야 했다.

흰거미가 권총을 겨눴고, 흑사마귀가 「《거절지부》……!」 하고 의수를 휘두르며 은매미를 뒤쫓았다. 보라개미도 「—【해체해】」 하고 부하 열 명에게 지시했다.

칼을 든 남자—『거광』 기드는 천천히 칼자루를 잡았다.

시야가 터졌다.

달리 표현할 말이 없었다.

보이지 않는 폭탄이 터진 것처럼, 접근했던 은매미와 흑사마귀의 몸이 날아갔다. 부서진 흑사마귀의 의수와 은매미의 주사기가 비산하여 보라개미의 부하들을 베어 가르고 주위에 피를 흩뿌렸다.

흰거미가 쏜 총알은 소실된 것처럼 보였다.

그의 칼에 잘린 듯했다.

그걸 겨우 인식했을 때, 기드가 육박해 있었다. 탄창 부분으로 때려서 저항하려 했지만, 보라개미와 거의 동시에 칼등으로 맞았다. 맞은 왼팔이 뼈를 잃은 것처럼 비틀렸다.

현실이 일변하기까지 2초도 걸리지 않았다.

흰거미가 모은 스파이들은 모두 의식을 잃었다.

조금 전의 위세가 거짓말이었던 것처럼 세 사람은 땅에 쓰러져 기절해 있었다. 전멸이었다.

기드는 「뭐, 이 정도면 되나」 하고 칼을 휘둘러 피를 털었다.

그리고서 무릎 꿇은 흰거미를 냉담한 눈으로 보았다.

"너는 어쩔까—."

"아……."

멍하니 볼 수밖에 없었던 흰거미는 상황을 이해했다.

이제 자신은 죽는다. 고문을 당해 모든 정보를 실토하고 목을 베인다. 이 압도적 강자로부터 도망치는 것은 불가능하다. 온몸이 떨리기 시작하며 자연스럽게 눈물이 왈칵 차올랐다. 몸이 타는 것도 같고 얼어붙은 것도 같아서 메스꺼웠다.

—그를 이쪽 편으로 끌어들여야 한다.

다른 살 방도는 없다. 하지만 그의 약함을 간파할 만한 시간은 남아 있지 않았다.

몸은 생존 본능만을 좇아 움직였다.

"……목숨만은 살려 주세요."

"엉?"

기드가 얼굴을 찌푸렸다.

"뭐든 하겠습니다아아아아! 어떤 사람이든 죽일게요오오! 얼마든지 돈을 바칠게요! 죽기 싫어어어어어어어어, 아아아아아아아아!"

외쳤다. 아우성쳤다. 한탄했다.

자존심 따위 전부 내다 버리고 열심히 목숨을 구걸했다.

동료들과 무리 짓고 기세등등하던 남자가 압도적인 강자 앞에서는 알랑거리며 신발을 핥을 기세로 굴복하고 그저 추태를 내보였다.

"웃기지 말라고오오오! 당해 낼 수 있을 리가 없잖아아아아아! 남메뚜기 아저씨, 날 속였겠다?! 용서 못 해애애애애애!"

끝내는 자신을 이끌어 준 존재조차 거칠게 욕했다. 『뱀』의 보스도 남메뚜기도 죽어 버리라며 계속 원망하다가 이윽고 사레에 들려서 한동안 콜록거렸다.

어떤 사실을 알아차렸다.

"……지렸어."

자신의 하반신에서 악취가 나고 있었다.

"……큰 쪽……."

기드가 얼굴을 찌푸렸다.

흰거미는 눈물 콧물 범벅이 된 얼굴로 말했다.

"얘기를 들어 주세요."

무릎 꿇은 채 머리를 숙였다.

"거광 님, 부탁드려요……."

그건 세상에서 가장 추한 목숨 구걸이었다.

기드가 오랫동안 스파이로 지내며 본 수백 번의 목숨 구걸 중에서 단연코 최악이었다. 약함을 사랑한 남자가 내보인, 모든 자존심을 버린 추태.

하지만 결과적으로— **그건 정답이었다.**

어중간하게 간을 보려 들었다면 기드는 망설임 없이 흰거미의 양팔을 자르고 신문을 시작했을 것이다. 본래 그는 스파이로서 냉혹함도 갖추고 있었다. 하지만 손을 멈추고 말았다.

누구보다도 약함을 사랑하고, 약함의 사랑을 받은 남자만이 보일 수 있는 추태.

기드는 작게 한숨을 쉬고서 「……죽일 마음도 가셨어」라며 칼을 칼집에 넣었다.

◇◇◇

기드가 「이렇게 꼴사나운 목숨 구걸은 처음이야」 하고 멸시하는 눈으로 말했지만, 흰거미는 만족했다. 살아남은 것만으로도 자신에게 만점을 주고 싶었다.

다만 그가 아는 『뱀』의 정보는 전부 불게 되었다.

자신의 목숨을 저울에 올리면서까지 기밀 정보를 지킬 긍지는 가지고 있지 않았다.

《효암 계획》에 관해 듣고도 기드는 별로 놀라지 않았다. 씁쓸한 얼굴로 「역시 그런가」 하고 중얼거렸을 뿐이다. 『화염』은 이미 계획의 단편을 파악하고 있었던 듯했다.

"네 얘기가 사실이라면 일단 우리 보스와 상담해 봐야 해. 너의 추레한 탄원을 봐서 당장 죽이지는 않겠어."

여유롭게 말하고 다른 멤버들도 살려 줬다.

양 손발을 구속당하고 폐가에 감금되었다. 보라개미가 데려온 사람들은 해방되었다.

감시자는 없었다. 기드는 동료를 한 명도 데리고 있지 않았다.

그것을 깨닫자 메마른 웃음이 흘러나왔다.

—흰거미의 움직임을 전부 눈치채고서 부하 한 명으로 충분하다고 판단한 『홍로』 페로니카.

—그 임무를 아무렇지도 않게 완수한 폭력의 화신 『거광』 기드.

왜 그들을 적으로 돌리고서 어떻게든 될 거라고 생각했을까.

보라개미와 흑사마귀는 의식을 되찾고 나서도 한마디도 하지 않았다. 자존심이 강한 그들은 참패를 견디기 어려운 것 같았다. 은매미는 「이 폐가, 냄새나네요」 하고 활기찼지만.

'……어쨌든 『뱀』은 끝이야.'

『화염』에게 찍힌 시점에 승산은 없었다. 기드는 곧장 다른 동료를 데려와서 『뱀』의 보스와 남메뚜기를 구속할 것이다.

'보스랑 남메뚜기 아저씨가 잘 도망치면 좋겠는데…….'

구속은 일주일 가까이 이어졌다. 그사이 먹을 음식 같은 것은 기드에게 고용된 현지인이 챙겨 줬다.

다음으로 기드가 찾아왔을 때, 그는 몹시 어두운 표정을 짓고 있었다.

며칠간 한숨도 못 잔 것처럼 안색이 파리했다. 식사도 안 했는지 야위어 있었다. 고작 일주일 못 본 사이에 확 달라져 있었다.

흰거미는 다시금 죽음을 각오했다.

기드의 눈에는 지금부터 사람을 처형할 것 같은 냉기가 서려 있었다.

하지만 그가 뱉은 말은 예상외의 것이었다.

"보스와 결렬했어."

말뜻을 이해하지 못하고 아연히 굳어 버렸다.

『화염』의 보스인 『홍로』와 넘버2인 『거광』이 대립한 모양이었다.

두 사람 사이에 무슨 일이 있었던 걸까.

기드는 「대체 왜…… 젠장……」 하고 분한 듯 침음을 흘렸다. 움켜쥔 손에서 피가 배어났다. 얼마나 센 악력으로 쥐어야 손톱이 피부를 파고드는 걸까.

"버섯 머리, 너희 보스와 만나야겠어."

그는 생각지 못한 말을 꺼냈다.

"—나는 『뱀』 편에 붙겠어."

◇◇◇

흰거미조차 예상하지 못한 배신이었다.

딘 공화국 첩보 기관 『대외정보실』의 『거광』. 새로운 이름은 『청파리』 기드.

그의 가입은 『뱀』에 큰 힘을 보탰다.

보라개미는 그의 권유로 무자이아 합중국의 수도로 돌아가 자신의 『군대』를 증강하는 데 힘썼다. 200명을 넘었을 즈음에 정예를 선발하여 무적의 암살자 집단을 편성했다. 그리고 이전부터 보라개미가 예뻐했던 『담수』 롤랜드를 본격적으로 활동시켰다.

『담수』를 가르가드 제국의 첩보 기관에 빌려줘서 협력 관계를 맺게 되었다.

정보 유출을 염려하여 자국의 첩보 기관과 연대하길 꺼리던 남메뚜기도 「그 남자가 말한다면 따를 수밖에」 하고 승낙했다.

제국으로부터 자금을 제공받아 훨씬 강력해진 것은 흑사마귀였다.

개조를 거듭하여 인간의 능력을 아득히 초월한 의수 두 개를 얻었다. 기계라서 제한 시간은 있지만, 순간적으로는 기드와 견줄 만한 전투 능력을 발휘할 수 있었다.

『뱀』은 불과 반년 만에 급성장을 이루었다.

은매미도 기드에게 지도를 받아 암살 기술을 향상시켰다. 세계 최고봉의 스파이에게 받는 지도는 실속이 있었는지, 그 사람 진짜 대단하다며 자주 흥분해서 말했다.

기드는 흰거미에게도 다소나마 가르침을 주었다.

"너는, 응. 그릇이 너무 작아서 말할 거리도 못 돼."

"좀 더 상냥하게 말해 줄 수도 있잖아요!"

그는 『홍로』의 눈을 속이며 비밀리에 『뱀』과 연락을 주고받고 있었다.

그래도 몇 가지 전투 기술을 배웠고, 나머지는 직접 훈련하라는 명령을 받았다.

"뭐, 그런 스파이가 있어도 좋겠지."

펜드 연방 내에 있는 그의 은신처에서 웃으며 말했다.

"『뱀』의 멤버는 너의 약함에 이끌린 거잖아?"

"그렇게 거창한 건 아니에요. 저는 말단으로서 뛰어다녔을 뿐……."

"—아니, 실질적으로 『뱀』을 만든 건 너야."

무슨 소리를 하는 건가 싶었다.

하지만 기드는 진심으로 말하고 있는 것 같았다. 「남메뚜기도 인정했어. 『뱀』의 중심은 흰거미라고」라며 진지한 어조로 말했다.

민망해서 얼굴이 뜨거워졌다.

자신은 말단이라는 의식이 남아 있고, 실제로 그렇게 굴고 있는데.

"다만 각오가 부족해."

"아……?"

"스파이의 본질은 섭리를 비트는 데 있어. 아픔으로 가득한 세계에 저항하여 변혁하려는 의식. 그 각오가 전혀 부족해."

기드는 칼등을 흰거미의 가슴에 댔다.

"기억해 둬. 우리가 지금부터 죽일 『화염』이란 존재는— 세계의 섭리 그 자체야."

흰거미는 눈썹을 찡그렸다.

영 이해가 안 되는 말이었다.

하지만 그 이상의 설명은 없었고, 그는 엄격한 음성으로 「가자」

하고 말했을 뿐이었다.

—『화염』 말살.

그것이 『뱀』의 첫 임무였다.

남메뚜기가 판단을 내렸다. 그들을 없애지 않으면 『뱀』은 확실하게 괴멸될 거라고.

구체적인 수단은 기드가 구상해 줬다. 세계 각국으로 흩어진 『화염』 멤버를 한 명씩 함정에 빠뜨릴 거라고 했다. 각 멤버의 거처와 약점도 가르쳐 줬다.

기드와 흰거미가 맡은 타깃은— 불사신 저격수 『포락』 게르데.

먼저 흰거미는 새로운 동료를 보냈다.

펜드 연방 첩보 기관 『CIM』의 『마술사』. 새로운 이름은 『초록나비』.

흰거미가 새로 포섭한 스파이였다.

자국의 왕실에 강한 의구심을 품고 있었고, 그 마음에 공감하여 배신하게 했다. 다만 쉽게 교만해지는 그녀의 콧대를 꺾을 필요가 있다고 판단하여 기드와 협력해서 게르데에게 보냈다.

예상대로 초록나비는 게르데에게 참패했다.

심야의 댄스홀에서 양쪽 어깨에서 피를 흘리는 초록나비의 등을 게르데가 밟고 있었다. 고통스럽게 신음하는 초록나비의 뒤통수에 총구를 대고 있었다.

"어이어이, 상대도 안 되잖아."

흰거미가 조소하며 다가가자 초록나비가 노려보았다.
"웃기지 마……. 왜 여기에?"
"널 테스트했어. 너무 나댔어. 약하니까 고분고분하게 굴어."
비웃으며 어깨를 으쓱였다.
초록나비가 죽일 듯이 노려보았지만 상대하지 않았다. 지금은 그보다도 경계해야 할 상대가 있었다.
『포락』 게르데가 소총을 들고서 투지가 끓어오르는 눈으로 보고 있었다.
양팔을 크게 드러낸 탱크톱과 거기에 들러붙은 갑옷 같은 근육. 대략 일흔을 넘긴 여성으로는 보이지 않았다. 얼굴에는 나이에 걸맞은 주름이 져 있었지만, 눈에서는 호전적인 젊음이 엿보였다.
그녀가 보고 있는 것은 흰거미가 아니라— 옆에 있는 기드였다.
"흐응, 너도 여기 와 있었나."
"어. 그렇게 된 거야. 미안, 겔 할멈."
두 사람은 잡담이라도 하듯이 온화하게 대화를 나눴다.
말 자체는 부드러웠지만, 저릿저릿한 긴장감이 공간을 채우고 있었다. 눈을 깜빡인 순간 죽은 목숨이 될 것 같아서 눈을 감을 수 없었다.
흰거미의 역할은 감시였다.
기드가 다시 『화염』 편에 붙지 않을지 경계하라고 남메뚜기가 명령했다.
터무니없는 이야기라고 내심 자조했다.

가령 기드와 게르데가 다시 결탁하더라도 이 두 괴물에게 자신이 뭘 할 수 있겠는가.

두 사람 사이에 감도는 긴장이 한층 강해졌고—.

"뭐…… 이쯤이 한계겠지."

게르데가 먼저 태도를 완화했다.

그녀는 소총을 바닥에 버렸다.

"상대가 너라면 승산은 없어. 여기까지 접근했다면."

"그런가. 나는 싸워도 좋았어."

"10년 전에 말했다면 칭찬했을 거야. 그때는 내가 압승했겠지."

게르데는 댄스홀 중앙에 넘어져 있던 의자를 세워 거기에 앉았다. 실에 매달려 있는 것처럼 등을 곧게 폈다. 아름다운 자세였다.

기드는 그 의미를 헤아린 듯 그녀의 정면으로 이동했다.

"……."

칼집을 움켜쥔 채 내려다보듯 섰다. 몸을 움직이는 방법을 잊어버린 것처럼 게르데를 바라보았다.

"보스는 나한테만 몰래 한탄했어. 너에게 이해받지 못한 슬픔을."

게르데가 입을 열었다. 이제까지의 과격한 인상과는 거리가 먼 부드러운 목소리였다.

기드는 신음하듯 숨을 내쉬었다.

"……침울해했어?"

"물론이지. 너 때문이야. 그 결과, 보스는 그 일을 자기 혼자 짊어져 버렸어. 다른 애들한테는 아무것도 알리지 않고……. 지금은 합중국에서 뭘 꾸미고 있는 건지."

귀중한 정보였다.

게르데의 이야기를 듣건대 『매연』『작골』『선혹』『화톳불』은 《효암 계획》의 존재를 모르는 것 같았다. 의도적으로 감춘 듯했다.

―『홍로』는 혼자 《효암 계획》을 감당하려고 했다.

"다만 나는 네 마음도 이해해. 만약 좀 더 젊었다면 나도 보스를 말리는 쪽에 섰을지도 몰라."

"……."

기드는 칼집을 세게 움켜쥐었다.

"노화가 찾아온 뒤로 많은 아이에게 기술을 맡겼어. 바보 쌍둥이와 하이디는 내 수행으로부터 도망쳤지만, 클라라든가, 그 밖에도 많은 사람이 이어받아 줬어."

"……."

"내 기술과 정보는 후세에 남아. 그거면 충분해……. 나는 그거면 충분해……."

게르데는 크게 숨을 들이마시더니 내동댕이치듯 말했다.

"그러니까 다 큰 어른이 일일이 울지 마!! 꼴불견이야!!"

기드는 칼집에서 칼을 뽑았다.

흰거미에게 보인 것은 한순간이었다. 하지만 그 칼날의 번쩍임은 마음에 새겨졌다.

다음 순간, 게르데의 몸에서 피가 뿜어져 나왔고, 그녀는 희미한 미소를 짓고서 절명했다.

◇◇◇

『화염』이 괴멸한 원인은— 내부 분열이었다.

『뱀』이 유도하긴 했지만, 『뱀』만의 힘으로는 도저히 이룰 수 없는 일이었다. 흰거미의 무계획적인 움직임으로는 얼마 못 가 어떤 첩보 기관에 걸려서 제거되었을 것이다.

성공 요인은 기드의 강한 신념이었다.

《효암 계획》(노스탤지어 프로젝트)은 극죄다. 마주하는 방식이 세계 최고의 스파이팀을 붕괴시켰다.

—『홍로』 페로니카는 극죄를 혼자 짊어지고 성취시키는 길을 택했다.

—『거광』 기드는 극죄를 저지하기 위해 그녀와 대립하는 길을 택했다.

두 사람은 서로의 정의에 목숨을 바쳤다. 다른 멤버의 죽음은 그것에 말려든 것에 불과했다.

한 시대의 종언이었다.

◇◇◇

기드가 『포락』을 죽인 시점에 임무는 끝났다고 느꼈다.

달성 보고는 속속 도착했다. 보라개미는 무자이아 합중국에서 『홍로』를, 남메뚜기는 라일라트 왕국에서 『매연』과 『작골』을, 흑사마귀는 가르가드 제국에서 『선혹』을 죽음으로 몰아넣었다고 했다.

시신은 전부 딘 공화국으로 이송되었다.

그건 세계 최고봉의 스파이들에 대한 경의였고, 기드가 강하게 희망한 사항이기도 했다. 최소한 같은 무덤에서 잠들게 해 달라는 바람.

—큰 임무를 해치웠다.

흰거미는 안도했다.

역할을 다했다는 실감이 들었다. 『뱀』은 뛰어난 첩보 기관으로 성장했다.

보라개미는 무시무시한 스파이가 되었다. 『홍로』뿐만 아니라 세계 각국의 이름난 스파이도 살해하여 전 세계 첩보 기관을 큰 혼란에 빠뜨렸다. 그 외에도 세계 최고봉의 전투 기술을 가진 청파리. 국소적으로는 청파리조차 능가하는 파괴를 낳는 흑사마귀, CIM의 최고 기관에 숨어들어 첩보원을 자유롭게 조종하는 초록나비, 여전히 한계를 알 수 없는 남메뚜기와 급성장을 이루고 있는 은매미.

세계와 맞서 싸울 수 있는 스파이가 모여 있었다.

'……《효암 계획》을 저지하는 것도 진짜 꿈이 아니야.'
그렇게 들뜰 만도 했다.

—다만 『화염』 괴멸은 커다란 문제를 낳았다.

『홍로』도 『거광』도 생전에 자신에게 일어난 일을 누구에게도 밝히지 않았다. 스파이로서의 각오와 비밀주의 때문에 그러길 택했다.
그것이— 괴물을 만들어 냈다.
홀로 살아남아 아무것도 모른 채 복수의 불꽃에 몸을 태우기 시작한 괴물을.

◇◇◇

그 존재는 물론 미리 들어서 알고 있었다.
『화염』의 최연소 말단. 최근에는 각국의 첩보 기관으로부터도 주목받고 있었다. 『화염』 멤버 전원의 기술을 계승한, 차세대 강자로 소문난 스파이.
『화염』 습격 임무 직후에 기드도 말해 줬다.
"내 제자니까. 실력은 상당해. 재능만 따지면 『화염』에서 제일 뛰어날지도 몰라."
다만 기드의 평가는 엄격했다.
"하지만 아직 풋내 나는 애송이야. 멘탈이 큰 약점이지. 여차할 때『화염』의 동료를 의지해. 정신을 흔들어 놓으면 실력의 절반도 내지 못해."

옆에서 듣고 있던 은매미가 「그렇군, 그렇군」 하고 메모했다. 그에게 쓸 함정을 정한 뒤 바로 준비에 착수했다.

흰거미는 문득 신경 쓰였던 점을 물었다.

"괜찮나요? 얘기를 들어 보니 화톳불은 당신을 많이 따르는 것 같은데요."

"맞아, 아들처럼 키웠어."

"우리 편으로 끌어들일 수 없나요? 제가 설득할까요?"

그에 대한 동정심은 아니었다. 이용할 수 있다면 이용하는 편이 좋다고 생각했다.『화염』 전원의 기술을 습득했다면 흰거미가 보기에 충분히 괴물이었다.

"—무리야."

기드는 고개를 가로저었다.

"말했잖아. 그 바보 제자는『화염』에 의존하고 있어. 배신하지 않아.『화염』 멤버를 한 명이라도 놓친다면 언젠가 보스의 의지를 이어서『뱀』에 큰 위협이 될 거야."

목소리는 슬프게도 들렸다. 그 나름대로 애정이 있는 듯했다.

애초에 화톳불을 거둔 사람도 기드라고 했다. 그가 키우고, 전 세계에서 함께 임무를 수행하고, 일이 끝나면 각국의 명물 요리를 둘이서 먹었다.

어리숙한 질문을 했다고 반성하고 있으니 기드가 「하지만 만약—」

하고 중얼거렸다.

"만에 하나— 그 녀석이 그걸 극복하고 처음으로 혼자서 싸우게 되면—."

그의 얼굴에 희미한 미소가 떠올랐다.

"그 바보 제자는 정말로— 그야말로 『세계 최강의 스파이』가 되어 버릴지도 몰라."

『기대』라고 하기에는 자조가 있었고, 『경계』라고 하기에는 미소가 있었다.

그 복잡한 빛깔의 표정은 무자각일까. 묻고 싶어졌지만 그만뒀다. 이 어중간함은 기드의 약함인가. 이 남자에게도 약점이 있었구나, 하고 놀랐다.

어쨌든 흰거미는 기드의 말을 진지하게 받아들이지 않았다.

생각해 보면 그때부터 톱니바퀴는 점점 어그러지기 시작했는데도.

◇◇◇

—은매미가 반격당해 죽었다.

전해진 소식을 듣고 경악했다. 그녀가 실패한 건가.

하지만 그 시점에는 아직 무섭지 않았다.

이번엔 기드가 직접 암살하겠다며 나서 줬다. 당시 『화염』은 표면

상으로는 『나락 인형』이라는 생물 병기를 탈환하는 임무를 수행하고 있었다. 그것을 이용하여 기다리겠다고 했다.

그가 움직여 준다면 아무런 문제도 없다고 생각했다.

—기드도 패배했다.

흰거미는 그 현장을 목격하고 믿을 수 없는 심정이 되었다.

뭔가 잘못된 거라고 판단했다. 클라우스를 노리고 쏜 총알을 기드가 막아서, 역시 그가 봐준 거라며 납득했다.

다음엔 죽일 수 있다. 어쨌든 화톳불의 정보는 유출되었다.

자신보다 훨씬 강하다는 사실은 인정하지만, 공략할 수 없는 상대는 아니었다. 실제로 딘 공화국의 환락가에서 흰거미는 그와 직접 대면했지만 도망칠 수 있었다.

보라개미나 흑사마귀, 남메뚜기라면 죽일 수 있으리라고 확신했다.

—보라개미도 굴복하여 구속당했다.

눈 깜짝할 사이에 『뱀』은 멤버 셋을 잃었다.

특히 청파리와 보라개미는 흰거미가 의지하던 존재였다. 『뱀』의 양익을 이룬다고 해도 과언이 아니었다. 하지만 단 한 명의 남자에게 패배했다.

기드의 걱정은 적중했다. —『화톳불』 클라우스는 『세계 최강의 스파이』가 되었다.

◇◇◇

공포가 해일처럼 밀려들어 흰거미를 삼켰다.

—화톳불을 당장 죽여야 한다.

그 사실만큼은 명백했으나 방법은 전혀 떠오르지 않았다. 보라개미조차 죽이지 못했다. 무작정 동료를 움직여도 당할 가능성이 컸다. 믿음직한 청파리는 이제 없었다.

보라개미가 구속당한 밤, 밀항선의 객실에서 신음했다.

귓가에는 미타리오에서 화톳불과 무전기를 통해 대화했던 목소리가 남아 있었다.

—『너도 와 있었나. 지금부터 한 번 더 싸울까?』

떨림을 들키지 않도록 센 척하는 데 온 힘을 기울였다.

싸우다니 어림없는 일이다. 그것은 흰거미 따위가 대적할 수 있는 존재가 아니었다.

"……아아, 정말이야. 기드 씨."

열에 들뜬 것처럼 중얼거렸다.

"나는 각오가 부족했어. 전혀 이해하지 못했었어. 우리가 적으로 돌린 건 세계의 섭리 그 자체야……."

손에서 피가 날 만큼 바닥을 후려쳤다.

"아아…… 그래, 정말로 방해돼……. 죽일 거야. 진짜 죽일 거야.

힘으로 밀어붙이는 방식은 이제 안 써. 확실하게, 꼼꼼하게, 주도면밀하게 함정에 빠뜨릴 계획을 세워야 해……."

미타리오에서 했던 말을 되풀이했다.

"그 녀석은……『강자가 약자를 잡아먹는』 규칙 그 자체야……."

흰거미가 몇 년에 걸쳐 모은 동료는 눈 깜짝할 사이에 타도되었다.

그리고 화톳불은 지금 흰거미를 붙잡기 위해 움직이고 있었다.

울면서 매달리자 목숨을 살려 준 기드는 얼마나 상냥했는가. 『뱀』의 보스도 남메뚜기도, 그에게 대처할 방법을 찾을 수 있을 것 같지는 않았다.

—머지않아 『홍로』 페로니카의 유지를 이어 『뱀』을 말살할 자.

—《효암 계획》으로 몇백만 명의 약자를 죽이고 강자만이 웃는 세계를 이끌 남자.

힘으로는 이길 수 없다. 그건 청파리와 보라개미가 증명해 줬다.

"좀 더 추잡하게 살아야 해. 이 세상에서 가장 비겁하고 치사한 최악의 인간만이 섭리를 뒤집을 수 있어."

그날부터 그는 조금씩 인격을 비틀어 나갔다.

클라우스와는 정반대— 약자로서의 극치에 도달하기 위해.

◇◇◇

"전부 어쩔 수 없는 일이지!!"

보라개미가 포박당하고 넉 달 후, 흰거미는 휴로에서 취해 있었다.

기념할 만한 날을 맞이했다며 들떠서 호텔의 스위트룸을 예약했다. 그렇게 돈을 쓴 결과, 나중에 자금을 마련하느라 고생하게 되지만, 지금은 상관없다고 판단했다.

좋아하는 맥주를 병나발 불고, 고층에서 휴로의 거리를 내려다보았다.

눈앞에 있는 것은 고향에 포격을 퍼부은 나라.

"나 같은 잔챙이는 치사한 수법을 써야 이길 수 있다고! 어쩔 수 없어. 비겁하더라도 약하니까. 그래서 멸시당해. 강한 녀석은 당당하게 굴며 모두에게 존경받는데 말이야아아아! 너무 치사하잖아아아아아아아아아아!"

맥주병을 벽에 내던지고 방에 있는 소녀를 보았다.

"너도 그렇게 생각하지? 『고익』 큐르."

한 소녀가 방구석에서 침통한 얼굴로 눈물을 흘리고 있었다.

딘 공화국의 스파이팀인 『봉황』의 일원인 것 같았다. 비취색 머리를 포니테일로 묶고 안경을 쓴 소녀였다. 늠름할 터인 눈에 커다란 눈물방울이 맺혀 있었다.

CIM의 최고 간부를 겸임하는 『초록나비』에게서 보고가 올라왔다. 『포락』을 조사하고 다니는 딘 공화국의 스파이팀이 있다고.

흰거미는 그들을 주목했다.

딘 공화국의 스파이가 행방불명 혹은 살해되면 그 임무를 이어받는 것은 높은 확률로 『등불』이다. 초록나비와 협력해서 멤버 한 명을 함정에 빠뜨렸다.

"『등불』의 정보를 주면……."

큐르는 분한 듯 어깨를 떨었다.

"……우리 『봉황』을 살려 주는 거죠?"

"그래. 나는 배신한 동료에겐 관대해."

그리고 운 좋게도.

—『봉황』은 『등불』의 멤버를 알고 있었다.

우연한 행운에 환호성을 지르고 싶어졌다. 이제까지 딘 공화국의 스파이와 몇 번 만났지만 아무도 『등불』을 자세히 알지 못했었다.

"물론 그 정보에 거짓이 없어야 할 거야. 나는 멀리서 『등불』 녀석들을 본 적이 있어. 거짓말로 둘러대면 바로 알아."

"……."

"뭐, 한동안 『봉황』은 감금할 거지만."

화톳불을 부를 재료로 쓸 수 있다면 『봉황』이 사망하든 행방불명되든 상관없었다.

큐르는 입술을 세게 깨문 후, 봉투 하나를 내밀었다.

바로 안을 확인했다.

『등불』 멤버의 생김새와 말투 등이 적혀 있었다. 흰거미는 『등불』을 두 번 본 적이 있었다. 조준경으로 봤기에 정확하진 않지만, 큐르의 정보에 거짓은 없는 것 같았다.

"응, 좋아, 합격이야. 『봉황』은 살려 줄게."

"감사합니다. 다만……."

큐르가 어물거렸다.

"거기엔 적지 않은 『등불』의 기밀 정보가 있어요."

"엉?"

"살짝 귀를 기울여 주셨으면 하는데……."

그녀는 목소리를 낮추며 슬며시 흰거미에게 다가왔다.

입가에 손을 대고 흰거미의 귀로 얼굴을 가까이 가져왔다.

"……엿이나 처먹어."

그녀의 소매에서 단검이 튀어나와 번뜩였다.

동요하지 않았다. 목을 찌르려 드는 칼날을 피하고 큐르를 세게 걷어찼다. 바로 옆에 뒀던 권총을 집어 들었다.

"뭐, 어차피 이럴 줄 알았어."

"윽!"

"궁리가 부족해. 약자도 강자도 아닌 녀석이 제일 싫어. 지금 여기서 목숨을 구걸한다면 들어 줄 수도 있어."

큐르는 입술을 세게 깨물었다.

"……우리는 지지 않아……!"

단검을 투척함과 동시에 등을 돌려 스위트룸에서 뛰쳐나갔다.

무리해서 쫓지 않았다.

어차피 도망칠 곳은 뻔했다.

실내에 있는 전화를 들었다. 상대는 초록나비. CIM이 소유한 특별한 회선이었다.

“작전 변경. 역시 큐르가 배신했어.”

말하는데 신기한 고양감이 들었다.

“—『봉황』을 몰살해.”

미리 축하하길 잘했다고 생각했다.

흰거미가 화톳불에게 직접 싸움을 건, 기념할 만한 날이 되었다.

정면으로 싸워서는 안 된다.

그것만을 의식하고서 흰거미는 『등불』을 빠뜨릴 함정을 깔았다.

—『배리어스』가 『봉황』을 죽이게 해서 『배리어스』와 『등불』이 싸우게 한다.

—『등불』에서 배신자를 만들어 보스인 화톳불과 싸우게 한다.

큐르가 실토한 정보를 토대로, 펜드 연방을 찾아온 『등불』을 관찰하여 모니카의 연심을 간파했다. 다린 황태자 암살을 이용해서 그녀가 배신하도록 했다.

CIM과 『등불』의 전면 전쟁을 일으키는 것이 이상적이었지만—

모니카에게 저지당했다.

하지만 비원은 확실하게 이루어지고 있었다.

『세계 최강의 스파이』를 죽이기까지 앞으로 한 걸음이었다.

◇◇◇

흰거미가 소설을 다 쓰자 태양이 높이 떠 있었다.

단숨에 쓴 원고를 검토하지도 않고 봉투에 쑤셔 넣었다.

"이건 확실히 베스트셀러가 되겠어. 나한테 이런 재능이 있었을 줄이야. 새로운 문호의 탄생이야."

물론 흰거미나 『뱀』을 특정할 수 있는 내용은 적지 않았다. 다분히 거짓말을 섞었고, 최후에는 폭발로 등장인물 전원을 죽여 얼렁뚱땅 마무리 지었다.

"그럼 시작할까."

흰거미는 거리로 나갔다.

CIM의 내통자에게 기밀 정보를 받기로 되어 있었다. 미행을 경계하며 거리의 벤치 아래에 숨겨진 메모를 찾았다. 밀회 장소가 지정되어 있었다. 폐업한 진료소. 함정이 없음을 확인하고 그리로 들어갔다.

흰거미의 협력자가 이미 진료소에서 대기하고 있었다. CIM의 일원이었다.

바로 읽고 처분하라며 남자가 종이를 건넸다.

—다린 황태자의 장례식 당일 CIM의 경비 체제.

굳이 말하지 않아도 속독했다.

'……뭐. 대체로 예상한 대로네. 경비의 중심은 경찰과 육군. 이 녀석들은 무시해도 돼. 그리고 뒤에서 돕는 게 CIM 녀석들인가.'

보고서에는 현재 클라우스가 감금되어 있는 방의 장소도 적혀 있었다. 거기까지 가는 건 어려웠다. 역시 감시자가 많았다. 방에 도달하더라도 암살에 시간이 걸리면 들킬 위험성이 있었다.

'그럼 어떻게 공략할까—.'

흰거미가 거기까지 생각했을 때, 보고서 끝자락에 있는 문장이 눈에 들어왔다.

【현재 CIM에 엉뚱한 소문이 돌고 있음. 이르기를—.】

유난히 강조된 문장에 안 좋은 예감을 느끼며 마지막 글을 읽었다.

【—『봉황』의 스파이들이 살아 있다고 함.】

"……재미있는 일을 벌이네."

틀림없이 『등불』이 벌인 책략일 것이다. 이런 기책을 쓸 자는 달리 없었다.

목적은 알 수 없지만 뭔가 꾸미고 있는 듯했다.

상관없었다. 지금부터는 권모술수, 거짓말에 거짓말을 거듭하여 중상모략, 스파이 간의 속고 속이는 싸움이다.

"이봐, 이쪽의 정보는 넘겼어."

협력자가 짜증스러운 음성으로 말했다.

"이제 네가 정보를 내놔. 알고 있는 거지? 다린 전하를 암살한 진범을—."

"아~ 물론 알지. 내가 진범이야. 그리고 **너는 이제 쓸모없어**."

숨겨 뒀던 권총을 꺼내 남자의 정수리를 향해 발포했다.

"이야~ 기본적으로 배신자는 소중히 여기는 주의지만 말이지. 나는 근본이 쓰레기니까. 약속도 가끔 안 지켜."

방금 막 만들어 낸 시체를 향해 합장하고 진료소를 떠났다.

"뭐, 어쩔 수 없는 희생이야. 모든 것은 세계를 극죄로부터 지키기 위해— 다음은 네 차례야, 화톳불."

흰거미— 실질적으로 『뱀』을 만든 것은 이 남자였다.

『뱀』의 보스와 남메뚜기가 그린 그림에 큰 힘을 보태 세계 각국의 첩보 기관을 상대하는 존재로 성장시켰다. 전부 그의 수완이었다.

그런 그가 본능적으로 이해하고 있었다.

지금 클라우스를 막지 않으면 『뱀』은 끝이다.

『뱀』과 『화염』, 각각의 생존자가 벌이는 최후의 싸움이 시작되려고 했다.

3장 소생

거리 한편에 지어진 아파트에서 두 첩보원이 얼굴을 찌푸리고 있었다.

2세기 전에 시작된 산업 혁명으로 무수히 만들어진 대형 공장은 수도 휴로에 강한 빛과 그림자를 가져왔다. 뛰어난 군사력으로 전 세계에 식민지를 만들 수 있었으나, 거리는 매연에 휩싸이고, 도시 노동자는 폐렴을 앓아 빈곤해졌다.

첩보원들은 그렇게 궁핍해진 자들이 모이는 거리를 조사하고 있었다. 매춘과 범죄가 횡행하며 이전에 「칼잡이 살인마」를 낳았던 구획.

떳떳하지 못한 자가 본거지로 삼는 집합 주택에 침입했다.

"……여기도 없나."

"역시 헛소문 아니야? 딘 공화국의 스파이가 그냥 멋대로 말하는 거겠지."

두 남자는 불평을 주고받았다.

"죽였을 터인 『봉황』 녀석들이 살아 있다니."

그들은 CIM의 스파이였다. 소속은 『바나딘』. 『도공』 미네가 지휘하는 제4부대의 일원이었다.

어젯밤 갑자기 보스가 명령했다. ―『봉황』이란 스파이팀을 찾으라고.

하지만 두 사람의 의욕은 낮았다.

"정말이지. 아무리 보스의 지시라지만 바쁜 우리가 왜 굳이."

"녀석들이 『뱀』의 정보를 쥐고 있을 가능성이 크기 때문이야."

"응? 그래?"

"『배리어스』가 녀석들을 습격했지만 완전히 죽이진 못했어. 그 후 『봉황』과 『뱀』이 교전했다는 정보가 있어. 『뱀』에 관해 뭔가 알고 있을지도 몰라."

주변 일대에 인기척이 없음을 확인하고 남자들은 거침없이 이야기했다.

"실제로 이해할 수 없는 일도 일어나고 있어. 어제 『바나딘』의 거점에 누군가가 침입했어."

"어? 정말?"

"『봉황』의 짓이라는 근거는 없지만 말이지. 다만 딘 공화국의 스파이를 나타내는 밀서가 사무소 내에 놓여 있었어. 자신의 존재를 보여 주듯이."

"……『등불』의 누군가가 한 짓 아니야?"

"녀석들은 모두 CIM의 감시하에 있어. 『봉황』의 생존자 『뜬구름』도 포함해서."

물론 딘 공화국의 다른 스파이일지도 모른다고 언급하고 남자는 견해를 말했다.

"『봉황』의 멤버가 정말로 살아 있을 가능성은 제로가 아니야."

두 사람은 일순 섬뜩함을 느낀 것처럼 얼굴을 찌푸리고 아파트를 떠났다.

그리고 **그런 두 사람을 관찰하는 이가 있었다.**

『봉황』에 새로 가입한 스파이— 코드 네임 『형안』이었다.

건물의 지붕에 숨어 CIM의 남자들을 감시하고 있었다. 남자들이 그 존재를 간파하는 일은 없었다. 기척을 지우는 기술에 관해서는 남다른 자신이 있었다.

—아무래도 그 아이들이 움직이기 시작한 모양이다.

남자들의 태도를 보고 헤아리고서 『형안』도 계획을 짜기 시작했다.

신중하게 움직인다. 『등불』에게는 갚아야 할 큰 은혜가 있었다.

◇◇◇

사라 일행에게는 CIM 본부의 방 하나가 주어졌다.

하루에 세 번이나 식사를 가져다주고, 쪽잠을 잘 수 있는 침대도 마련되어 있고, 부탁하면 샤워도 할 수 있었다. 종일 감시당하기는 하지만, 더할 나위 없이 극진한 대우였다.

하지만 당연히 제한도 있었다.

클라우스를 면회할 수는 없었다. 특별히 경계하고 있는 것 같았다. 본부 근처에 있는 건물에 감금되어 있다는 사실은 눈치챘지만, 접근조차 허락하지 않았다.

또한 어딜 가든 미네가 내내 따라다녔다.

"아하하! 성가신 헛소문 좀 그만 퍼뜨리시죠. 『봉황』의 멤버가 살아 있다니! 진짜 짜증 나거든요!"

배정받은 방에서 미네가 크게 웃었다.

"헛소문이 아니라 진실이야."

권총을 손질하던 지비아가 위압적으로 말했다.

"『봉황』 녀석들은 살아 있었어. 『배리어스』도 『뱀』도 죽이지 못한 거야. 얼른 찾아내 줘. 확실하게 연락하고 싶어."

그건 소녀들이 적극적으로 퍼뜨리고 있는 소문이었다.

—시체는 전부 위장이다. 그들은 본인들이 죽은 것처럼 꾸미고 몸을 숨겼다.

—『등불』은 시체를 찍은 사진만 보았기에 위장을 간파하지 못했다.

—하지만 얼마 전에 『등불』만이 알 수 있는 그들의 부호가 발견되었다.

미네 외에도 만나는 모든 CIM 첩보원에게 말하고 있었다.

방을 찾아온 아멜리에게도 말하자 그녀는 일순 놀란 표정을 짓고서 「……그게 사실이라면 희소식이네요」라고 중얼거리고 동포에게 수색을 지시했다.

미네는 불쾌한 듯 인상을 썼다.

"아, 수사는 오늘로 끝이에요."

"뭐?"

"제가 강제로 중단시켰어요. 네놈들의 헛소리에 이 이상 인재를 할애할 수 없어요. 그들은 죽었어요. 그게 결론, 그걸로 끝."

미네가 아하하 웃고서 눈을 살짝 좁혔다.

"아니면 뭔가 비밀 작전이라도 있는 건가요?"

"글쎄. 마음대로 생각해."

지비아가 작게 혀를 차고 마주 노려보았다.

긴장된 분위기를 느꼈는지 방 안쪽에서 릴리가 달려왔다.

"둘 다 싸우지 말고 사이좋게 지내요."

찻잔을 쟁반에 담아 가져왔다.

"일단 차라도 마시지 않을래요? 고급 찻잎을 잔뜩 샀어요."

잔은 네 개가 있었다.

릴리는「기분이 나아질 거예요」하고 말하며 미네 앞에도 놓았다.

"사실은 너무 맛있어서 잔뜩 끓여 버린지라 꼭 마셔 주셨으면 해요. 다 마시면 또 CIM 사람들한테 사다 달라고 하면 되고요."

"네놈이 제일 싸움을 걸고 있다고요!"

릴리의 뒤에는 커다란 찻주전자가 두 개 놓여 있었다.

미네는 미간을 짚으며「……전례 없는 일이에요. 감시당하는 처지에 다과와 화장품을 사다 달라고 하는 뻔뻔한 녀석은 처음이에요」하고 쓴소리를 했다.

"아~ 그야 미네 씨는 저희가 외출하지 않기를 원하는 것 같으니까요."

"그렇다고 해도 심부름을 부탁하지 마!"

실랑이를 벌이는 두 사람 옆에서 사라가 「하하……」 하고 쓴웃음을 지었다.

네 사람은 방 중앙에 놓인 테이블에 둘러앉았다.

작전 회의 시간이었다. 사실은 미네를 내쫓고 싶지만 포기했다.

"상황을 정리하죠."

릴리가 먼저 입을 열었다.

"저희의 이번 미션은 바로— 흰거미 녀석을 구속하는 거예요."

지비아와 사라가 동시에 고개를 끄덕였다.

더 말할 것도 없었다. 그를 붙잡아서 모니카의 행방을 알아내야 했다.

"저희는 흰거미가 클라우스 선생님을 암살하러 온다는 가능성에 걸 거예요. 낮은 가능성은 아닐 테니까요. 그리고 그때 흰거미가 쓸 수법은—"

"—CIM에 내통자를 만드는 거죠."

사라가 말을 잇고 숨을 삼켰다.

그레테가 추측해 준 일이다. —새로운 배신자.

테이블 끄트머리에서 미네가 홍차를 마시며 「아하하! 말도 안 돼요! 우리 CIM의 단결력은 반석 같아요」 하고 웃었지만 무시했다. 떠들게 두면 된다.

지비아가 테이블 위에 팔을 올렸다.

"실제로 감금된 보스를 내통자 없이 죽이는 건 어려울 거야. 인원이 줄어든다고는 해도 CIM의 경비를 정면으로 돌파할 수 있을 리가 없어."

"네. 그러니 저희는 내통자를 잡아야 해요."

"……그레테의 예상은?"

"아무리 그레테가 똑똑해도 병실에서 특정하는 건 무리예요. 다만 짐작은 해 줬어요. CIM의 경비망에 개입할 수 있는 힘을 가진 인물—."

말단을 아무리 같은 편으로 끌어들여 봤자 교란에만 쓸 수 있을 터다.

경계해야 할 것은 많은 지휘권을 가진 자.

"즉— CIM의 간부들이죠."

거기까지 정보 정리를 마치고 소녀들은 깊이 한숨을 쉬었다. 릴리는 딱딱한 표정으로 머리카락을 손가락에 감았고, 지비아는 손으로 얼굴을 덮었고, 사라는 무릎에 올린 강아지를 끌어안았다.

긴장하는 데는 이유가 있었다.

—다린 황태자의 장례식 전날이었다.

순식간에 이날이 찾아와 있었다.

클라우스에 대한 경비는 오늘 밤부터 허술해진다. 타국의 요인이 속속 입국하기 때문이다. CIM의 스파이는 주변에 숨어서 테러나 암살을 경계해야 했다.

—흰거미가 클라우스를 습격한다면 타이밍은 오늘 밤부터 모레

아침까지.

이 기회를 놓치면 클라우스는 다리 치료를 끝내고, 흰거미는 천재일우의 기회를 잃는다. 그것은『등불』이 모니카에게 도달할 수단을 잃는 것이기도 했다.

쌍방에 있어서 큰 분기점이었다.

"가자, 각오를 다져."

지비아가 무릎을 치고서 일어났다.

"간부 간의 최종 미팅. 여기서 배신자를 판별해 구속하는 거야!"

CIM도 다린 황태자를 암살한『뱀』의 일원은 붙잡아야 했다. 그걸 위한 회의에 소녀들도 불렀다.

릴리와 사라도「네!」「해내는 겁다!」하고 외치며 일어났다.

"아하하!"

듣기 싫은 웃음소리가 났다.

미네가 배를 잡고서 버릇없이 다리를 흔들고 있었다.

"엉? 뭐야? 우리가 누굴 경계하든 우리 맘이잖아?"

"아뇨, 끝까지 숨길 예정이었지만, 참을 수가 없어서—."

미네는 목소리의 온도를 낮췄다.

"—네놈들은 정말로 아주 멍청한 낙관주의자들이네요."

소녀들은「응?」하고 고개를 갸웃했다.

미네는 그 이상 설명하지 않고「회의실은 이쪽이에요」하고 유도

하기 시작했다.

◇◇◇

회의실에는 큰 원탁이 있었고, 남녀 여섯 명이 둘러앉아 있었다.

벽에서 원탁까지 거리가 있는 것은 도청을 방지하기 위함이리라. 딘 공화국 대외정보실의 실장실도 비슷하다고 들었다. 벽에 여왕 폐하의 거대한 초상화가 걸려 있는 점은 크게 다르지만.

간부 여섯 명이 미네를 따라온 소녀들에게 거리낌 없는 시선을 보내왔다.

그들의 정보는 알고 있었다. 클라우스가 아멜리를 통해 알아냈다.

—최고 기관을 섬기는 특무 기관의 수장 『조종자』 아멜리.

—최대 방첩 부대의 수장 『갑주사』 메레디스.

—특별 암살 부대의 수장 『그림자』 루크.

—육군 중장을 겸임하는 『색적꾼』 실베트.

—도구 제작 기관의 수장 『광대』 하이네.

—시민 유도와 선동을 주로 하는 기관의 수장 『선율사』 카키.

원래 같으면 소녀들 앞에 절대 모습을 드러내지 않을 일류 스파이들이었다. 그들이 이번 미션에 임하는 부대장들인 것 같았다.

그들 간의 미팅은 이미 끝난 듯했다.

사회를 맡은 것 같은 아멜리가 고요한 시선을 보냈다.

"딘 공화국에서 온 이 손님들은 『뱀』과 대치한 경험이 있어요. 뭔가 확인하고 싶은 게 있다면 물어보시라고 불렀어요."

간부들의 눈이 가늘어졌다.

팽팽한 긴장감이 회의실을 채우고 있었다. 숨 쉬는 법조차 잊어버릴 것 같았다.

압도될 수는 없었다.

—이 안에 배신자가 있을지도 모른다.

그걸 판별하는 자리였고, 무엇보다 그들은 흰거미를 붙잡기 위한 동료이기도 했다. 주눅 들어 있을 때는 아니었다.

소개를 받고 대표로 릴리가 한 발짝 앞으로 나갔다.

"아, 네. 대외정보실의 『화원』입니다. 『흰거미』를 붙잡기 위해서라면 협력은 아끼지—."

목소리가 도중에 멈췄다.

회의실에 있는 여섯 간부의 표정이 몹시 딱딱했다.

경계한다기보다, 마치 처음부터 관심이 없었던 것 같은 냉담한 시선이었다.

"음."

릴리가 작게 고개를 갸웃하자 한 사람이 말했다.

"이만 됐지 않나? 아멜리."

검은 피부에 사자를 방불케 하는 금발을 가진 남자였다.

그는 본 적이 있었다. —『갑주사』 메레디스. 소녀들을 구속한 남자였고, 미네의 상관에 해당하는 사람이었다.

"화톳불이라면 모를까, 이 녀석들에게 듣고 싶은 건 없어. 촌극에 우리를 끌어들이지 마."
"촌극?"
"미네, 실행해."
릴리의 질문을 무시하고 미네가 「아하하! 알겠습니다!」 하고 웃으며 소녀들 앞에 섰다.
양손을 내밀고 고개를 살짝 기울였다.

"—무기를 전부 버려 주세요."

잘못 들은 것이라고 믿고 싶었다.
하지만 회의실을 채운 긴장감은 누그러지지 않았고, 미네가 재차 강조했다.
"어서 무기를 버려요. 네놈들은 장례식이 끝날 때까지 어떤 무기도 지닐 수 없어요."
"아니! 자, 잠깐 기다려 줘!"
허를 찔린 듯 외친 사람은 지비아였다.
미네 옆을 지나쳐 원탁을 에워싼 간부들에게 호소했다.
"왜 이러는 건데?! 우리도 흰거미를 구속하기 위해—."
"이틀 전에 제 부하가 살해당했어요. 거리의 진료소에서."
『선율사』— 흰 가운을 걸치고 단안경을 쓴 남성이 말했다.
"죽기 직전에 딘 공화국의 스파이와 만났다는 목격 정보가 들어왔어요. 당신들을 경계하는 건 당연해요."

"웃기지 마. 우리는 늘 감시하에—."

"당신들은 『봉황』이 살아 있다고 퍼뜨리고 있잖아요? 진위는 불명이지만 수상하긴 해요."

그의 말에 다른 간부들이 동의했다.

『그림자』— 입가에 짐승 마스크를 쓴 이상한 용모의 남자가 말없이 고개를 끄덕였다.

『광대』— 짙은 보라색 드레스를 입은 살짝 통통한 여성이 멸시하는 시선을 보냈다.

다가가서 따지려고 했을 때, 미네가 지비아의 뒤통수를 잡아 원탁에 머리를 처박았다.

"아하하! 저항하지 말아 주세, 요!"

릴리와 사라가 즉각 대들려고 했지만 메레디스가 눈으로 제지했다.

"자업자득이에요. 수상한 루머를 퍼뜨리니까."

미네가 지비아의 뒤통수를 잡은 채 속삭였다.

"시시한 헛소리에 놀아나게 하다니. 이미 『봉황』은 뒈졌다고요! 네놈들 앞에 두 번 다시 모습을 나타낼 리 없어요!"

"……윽!"

지비아가 입술을 깨물었다.

"뭐, 원래부터 우리는 네놈들의 힘 같은 건 의지하지도 않고 말이죠."

미네가 지비아의 머리카락을 잡아당겨 억지로 고개를 들게 했다.

"—불만 있으면 지금 여기서 싸워 볼래요? 우리랑."

"……!!"

간부들의 시선에는 반론을 허락하지 않는 압력이 있었다.

할 수 있을 리가 없었다. 지금 여기서 펜드 연방의 간부들과 싸우다니.

최후의 일격을 가하듯 미네가 신나게 아하하 웃었다.

"그럼 손가락이나 빨며 방에 처박혀 있어. 약소국의 하인들."

◇◇◇

쓰레기장에 쓰레기를 내다 버리듯 다시 방으로 돌려보내졌다.

미네는「그럼 저도 바쁜지라」하고 비웃고서 떠났다. 그 얼굴에 살짝 땀이 맺혀 있었으나 이유는 알 수 없었다.

무기는 전부 빼앗겼다.

단검, 권총, 와이어, 소매와 옷깃에 숨겨 뒀던 바늘까지 몰수되었다. 릴리가 풍만한 가슴에 숨겼던 독가스 도구도 뺏겼으니 철저했다.

그 모든 행위는 회의실에서, 즉, 간부들의 감시하에서 이루어졌다.

입장 차이를 알려 주는 듯한 치욕이었다.

무장을 해제당했다는 사실보다도 그 괴롭히는 방식이 더 참기 어려웠다.

"윽, 선수를 뺏겼어."

"그러게요……."

사라는 어두운 얼굴로 의자에 앉아 강아지를 쓰다듬었다. 역시 강아지까지 빼어 가진 않았다. 돌보기 귀찮기 때문일까.

'십중팔구 흰거미 짓이겠지. 살인이라니 우리는 모르는 일이야.'

크게 혀를 찼다.

'설마 싸움을 시켜 주지도 않을 줄은 몰랐어…….'

CIM과는 협력 관계지 동료가 아니다— 그 대전제가 지금 다시금 드러났다.

그들은 처음부터 소녀들을 의지할 마음이 없었던 거다. 오히려 자유롭게 움직이는 쪽이 성가시니 방에 얌전히 있게 하자고 생각한 걸까.

배신자를 색출할 여유도 없었다.

해가 지기 시작했다. 창문으로 들어오는 빛이 약해졌다. 곧 흰거미가 클라우스를 죽일 수단을 강구할 가능성이 크다. 아니, 바로 지금 움직이고 있을지도 모른다.

"그럼 어떡할까요?"

릴리의 목소리는 전에 없이 냉정했다.

낙담하는 기색도 없이 홍차 주전자를 돌리고 있었다.

"이대로 CIM 사람들에게 맡기는 것도 의외로 괜찮을지 몰라요."

"엉?"

"그렇잖아요? CIM도 우수한 스파이일 테니까요. 확실하게 흰거미를 붙잡아 줄지도 모르죠. 저희는 그냥 자고 있으면 돼요. 완전 편해요."

도발하듯 웃었다.

"무엇보다— 클라우스 선생님도 대책을 안 세우진 않았을 거예요. 저희는 나서지 말고 얌전히 있는 편이 현명할지도 몰라요."

"……."

일리 있는 의견이었다.

CIM도 흰거미를 놓칠 생각은 없다. 그들은 모니카를 암살자로 보고, 흰거미는 그녀의 동료라고 여기고 있었다. 일손이 부족해도 경계를 게을리할 리가 없다.

하지만 지비아의 주먹은 확실하게 떨리고 있었다.

"……아네트가 달라지려 하고 있어."

"음?"

"병원에서 봤잖아? 그 문제아도 앞을 보고 있었어."

뇌리에 떠오른 것은 회분홍 머리 소녀가 보여 준 쾌활한 웃음이었다.

그제— 즉, 탈주한 아네트를 데리고 돌아온 다음 날 있었던 일이다.

병실에 있는 그녀는 침착함을 되찾은 상태였다. 상처는 다소 악화된 선에서 그쳤고, 병문안 선물로 가져간 디저트를 열심히 먹을 정도로는 기분이 좋아 보였다.

아네트의 사악함을 엿본 릴리와 지비아는 조금 긴장했다.

하지만 사라가 평소처럼 『아네트 선배, 아~ 하세요』 하고 우유푸딩을 먹이고, 아네트가 『사라 누님, 사랑해요!』 하고 어리광 부리는 광경을 보고서 자연스럽게 경계를 풀었다.

결국 아네트는 아네트다. 기행을 되풀이하는 귀여운 문제아. 그게 다였다.

다만 커다란 변화도 있었다. 아네트가 자신의 살의를 숨기지 않기로 한 것이다.

『참고로 나님, 지금도 모니카 누님을 처죽일 예정이에요!』

『『한결같네!!』』

병실에서 고백을 듣고 릴리와 지비아가 큰 목소리로 태클을 걸었다.

아네트는 깔깔 웃었다.

『나님의 에르나(장난감)를 아프게 하고, 나님을 「망할 꼬맹이」라고 부른 원한은 잊지 않아요.』

『응? 장난감……?』

『다만 지금의 나님은 모니카 누님을 이길 수 없으니까—.』

작게 혀를 내밀었다.

『—나님, 새로운 살해법을 찾아낼 생각이에요!』

굴레에서 해방된 것처럼 후련하게 웃었다.

장난꾸러기라기보다 약간 악녀 같은 엽기적인 느낌이 들었지만, 소녀들은 흔쾌히 받아들이기로 했다.

처음으로 보는 아네트의 향상심을 응원해 주고 싶었다.

아네트의 변화를 떠올리고 지비아는 다시 숨을 들이마셨다.

"그 녀석이 웃는 걸 보고 다시금 느꼈어. 나도 달라져야 해."

"……흐응? 어째서요?"

릴리가 입꼬리를 비틀었다.

"모니카를 돕지 못했어."

한마디 한마디에 힘을 담아 말했다.

"전부 혼자 끌어안은 그 녀석에게 아무것도 해 주지 못했어. 모니카는 보스의 도움을 뿌리치고 홀로 CIM에게 도전했는데."

돌이켜 보면 당시 지비아는 어리석은 언동을 되풀이했다.

—『당신, 이번에 뭐 하고 있었던 거야……!』

주제넘게도 클라우스에게 화풀이했다.

『등불』에서 멀어지는 모니카를 막을 수 없다는 걸 알았을 때, 화를 참을 수 없었다.

—『보스라면 반드시 어떻게든 해 줄 거라고…… 마음 한편으로 생각하게 된단 말이야.』

자신의 미숙함은 돌아보지도 않고 이 얼마나 유치한 발언인가.

성장해야 하는 것은 무엇보다 자신이었다.

"나는 싸울 거야! 남한테 맡길 수 없어."

테이블을 세게 때리고 일어났다.

"나한테서 무엇도 뺏어 가게 두지 않을 거야! 보스도, 모니카도, 절대!"

"……위세는 좋지만, 움직일 근거는요? CIM을 적으로 돌리면서까지."

"근거는 지금 이 상황 자체야. —흰거미가 내통자에게 우리의 무기를 뺏으라고 지시한 거야. 『등불』의 부하를 경계해서. 모니카가 계획을 망친 전례가 있으니까!"

이것이 자의식 넘치는 추측이란 생각은 안 들었다.

이 타이밍에 무기를 뺏긴 것은 아무래도 부자연스러웠다.

"배신자는 이미 움직이기 시작했어. ―지금 당장 보스를 구해야 해!"

만약 이 순간에도 내통자가 클라우스를 죽이려 하고 있다면 끝이다.

"맞습다! CIM 사람들에게는 미안하지만, 역시 신용할 수 없습다!"

사라도 일어났다.

"방법을 생각하죠. 저는 모두를 지키는 스파이가 되기로 했어요!"

"지금 머리가 가장 잘 돌아가는 건 이 천재 릴리니까 경고할게요."

릴리는 여전히 냉담한 눈으로 찻주전자를 돌리고 있었다.

"최악에는 다시 CIM을 적으로 돌리게 될 거예요. 모니카 덕분에 일시적으로 협력하고 있는데 원점으로 돌아가는 거예요."

""그래도 싸우겠어.""

"……고집스럽네요."

릴리도 일어났다. 못 말린다는 듯 어깨를 으쓱였지만, 이렇게 될 줄 알고 있었던 것처럼 입은 미소 짓고 있었다.

"이미 준비는 끝냈어요. 차를 잔뜩 끓여 뒀어요."

릴리는 테이블에 놓인 또 다른 찻주전자를 들었다. 차가 가득 든

주전자를 양손에 하나씩 들고서 흔들었다.

지비아가 「오, 땡큐」 하고 명랑하게 말했다.

"그럼 힘내자는 의미에서 일단 마시고—."

"그만두는 게 좋아요. 독이거든요."

"뭐?"

"이런 일도 있을 것 같아서 미리 옮겨 뒀어요. 독도, 해독제도, 뺏기기 전에."

릴리는 찻주전자 안에 검지를 넣고 바로 뺐다.

릴리의 손끝에서 수상쩍은 물방울이 반짝였다. 독약을 홍차에 섞어 둔 것이다. 그 성분을 중화하는 해독제는 또 다른 찻주전자에.

릴리는 손가락에 맺힌 독액을 맛있게 핥았다.

"그럼 해치우죠. CIM(멍청이들)을 함정에 빠뜨리는 거예요."

◇◇◇

소녀들은 당장 준비에 착수했다.

독이 든 홍차와 해독제가 든 홍차를 화장품병들로 옮겼다. 도자기 주전자를 깨뜨리고 파편을 뾰족하게 하여 단검을 만들었다. 엄지만 한 크기지만 사람의 경동맥을 베기에는 충분했다.

준비를 마치자 밤 열 시였다.

그레테가 예상한, 흰거미가 찾아올 가능성이 큰 시간대였다.

방에 난 창문으로 CIM의 본부 건물에서 탈출했다. 창틀을 잡아

그대로 지붕 위로. 지붕을 따라 달려서 CIM 본부의 철책 밖으로 뛰쳐나갔다.

"보스가 있는 곳은?!"

지비아가 말했다.

"저기 보이는 빌딩임다. 구체적인 장소는 가까이 가면 냄새로 알 수 있슴다."

사라가 가리킨 것은 CIM 본부에서 100미터쯤 떨어져 있는 건물이었다. CIM이 소유한 곳으로, 소녀들의 접근을 유일하게 허락하지 않았다.

강아지 조니가 작게 짖고 건물 쪽으로 달려갔다. 건물에 도달하면 조니가 냄새로 클라우스를 찾아 줄 터다.

하지만 당연히 방해꾼이 찾아왔다.

소녀들과 마찬가지로 CIM 본부의 지붕을 달려 빠르게 쫓아오는 자가 있었다. 릴리와 사라의 전속력보다도 빨랐다. 눈 깜짝할 사이에 앞질렀다.

"멈춰요!"

미네였다. 손에는 이미 음향 병기가 들려 있었다.

"아하하! 뭐죠? 네놈들, 감시도 없이—."

"어딜 돌아다니든 우리 맘이잖아."

멈춰 선 지비아가 귀찮다는 듯 손을 휘저었다.

미네가 당황한 모습으로 입술을 깨물었다.

그 표정을 보고 지비아는 의기양양하게 입꼬리를 올렸다.

"애초에 너희가 그럴 작정이었으면 처음부터 가둬 뒀으면 됐어. 묘하게 친절하잖아. 감시자가 있으면 돌아다니게 해 주고."

작게 혀를 내밀었다.

"—아마 우리 보스가 제시한 조건이겠지."

릴리가 간파한 사항이었다.

굉장히 느슨한 속박. CIM은 소녀들을 완전히 감금할 수 없는 것이다.

"방해하지 마. 방치할 수 없다면 감시자로 따라와."

미네의 이마에는 커다란 땀방울이 맺혀 있었다.

지비아는 미네 옆을 지나치면서 릴리와 눈빛을 주고받았다. 클라우스를 보러 가기 전에 처리해야 하는 안건이 있었다.

"정말이지 네놈들은……."

미네가 어이없다는 듯 어깨를 떨궜다.

"조금만 기다려 주겠어요? 갑자기 따라오라고 해도 일단 보고를—."

들어주지 않았다.

소녀들은 아랑곳없이 거리를 달렸다. 선택한 길은 클라우스가 있을 건물로 가는 최단 루트가 아니었다. 사람이 없는 방향으로 걸음을 옮겼다.

이윽고 커다란 폐빌딩에 들어갔다.

사람의 모습은 찾아볼 수 없는, 철거 예정인 4층 건물이었다.

미네가 「왜 이곳에……?」 하고 고개를 갸웃하며 뒤따라왔다.

1층에는 넓은 홀이 있었다. 레스토랑이 있었던 흔적이 바닥에 남아 있었다.

중앙에 다다랐을 때, 소녀들은 발을 멈췄다.

"그러고 보니 『봉황』 말인데요."

릴리가 말했다.

"네?"

미네가 의아한 목소리를 냈다.

"당신들을 시켜서 『봉황』을 찾은 데에는 몇 가지 이유가 있어요. 어쩌면 멍청이를 색출할 수 있을지도 모른다는 점도 포함해서요."

몸을 휙 돌리며 미소 지었다.

"미네 씨는 왜 『봉황』의 멤버가 죽었다고 단언한 거죠?"

"갑자기 무슨 얘기죠? 그야 우리 동포가—."

"무리예요. CIM이 쥐고 있는 정보로는."

날카로운 눈으로 정면에서 똑바로 미네를 보았다.

지비아와 사라는 조금씩 이동하여 미네를 포위하는 위치를 잡았다.

릴리가 설명을 계속했다.

"아멜리 씨조차 『비금』 『고익』 『상파』 『우금』을 살해한 현장에 없었어요. 상황을 보고 그렇게 판단했을 뿐."

그랬다. CIM이 확실하게 죽였다고 말할 수 있는 사람은 동료를 감싸고 죽은 『개풍』 크노뿐이었다. 나머지는 아멜리도 잘 몰랐다.

미네의 말이 점차 빨라졌다.

"하지만 시체를 보면 그들이라고 단언할 수—."

"아뇨, 무리예요. 『배리어스』는 애초에 『봉황』을 습격하는 근거조차 몰랐어요. 그저 『초록나비』— 아, CIM의 배신자에요. 그 사람이 시키는 대로 습격했을 뿐."

아멜리가 『봉황』을 자세히 파악하고 있지는 않았을 것이다. 그저 명령받았을 뿐. 그 결과, 그들의 실력을 오인하여 팀에서 많은 부상자가 나왔다.

실제로 『「봉황」이 살아 있다』라고 아멜리에게 전했을 때, 그녀는 부정하지 않았다. 『선율사』라는 남자도 진위 불명의 소문이라며 생사에 관해서는 확실히 말하지 않았다.

"그러니까 『봉황』 사람들이 살아 있는 건 정말로 있을 수 없는 얘기는 아니에요."

릴리는 목청을 돋웠다.

"『뱀』뿐이죠. 『봉황』의 스파이들을 확실히 죽였다고 진심으로 여길 수 있는 건."

미네는 실언했다.

『봉황』 수색을 중단할 때, 이유는 『인재를 할애할 수 없으니까』라고만 설명해야 했다. 『「봉황」은 죽었으니까』라고 말해서는 안 됐다.

그들의 사망을 단언할 수 있는 자는 CIM에 없으니까.

"물론—."

릴리가 말했다.

"—이건 억지스러운 추리예요. 당신이 그저 착각했을 가능성도 있어요. 아니면 『배리어스』의 보고를 너무 믿었던 걸지도 모르죠."

눈을 크게 뜨고서 굳은 미네를 향해 릴리는 유리로 만든 단검을 들었다. 사라와 지비아도 도자기로 만든 단검을 겨눴다.

"그러니까 대답해 주세요. ―당신은 클라우스 선생님에게 위해를 가할 셈인가요?"

미네의 뺨을 타고 흘러내린 땀이 바닥에 떨어졌다.

건물 밖에서 차가 지나가는 소리가 들렸지만 금방 다시 조용해졌다. 주택이 없는 이 일대는 밤이 되면 사람이 사라졌다. 지원군을 부르게 둘 생각은 없었다.

작고 길게 숨을 들이마신 미네가 대답했다.

"아하하! 화톳불에게 위해를 가할 마음은 없어요. 무슨 바보 같은 소리를 하는 거죠?"

릴리가 지비아, 사라와 눈을 맞췄다. 가볍게 고개를 앞뒤로 움직였다.

"거짓말이네요."

"허?"

"**『봉황』의 팔마 씨가 가르쳐 줬어요**. 당신은 거짓말을 하고 있다고."

"읏!! 대체 무슨 영문 모를 소리를!!"

"아, 말하는 걸 깜빡했네요. 실은 되살아났어요, 『봉황』."

"그러니까 그걸 이해할 수 없다고요! 멋대로 트집이나 잡고!"

더는 참을 수 없었는지 미네가 격앙했다. 형식적인 웃음은 얼굴에서 사라졌다. 줄곧 쥐고 있었던 음향 병기를 릴리 쪽으로 들었다.

"이 이상 기어오르면 이쪽도 저항해 주겠어요!"

소리 높여 아우성쳤다.

"분수를 알라고, 하인들! 이 《절음향》에 꼼짝도 못 했던 걸 잊었―."

"안타깝지만 게임 끝이에요. 저희를 너무 얕봤어요."

릴리가 내뱉듯 말했다.

"제 홍차를 마신 시점에 당신에게 승산은 없어요."

미네의 손에서 음향 병기가 떨어졌다.

그 손끝은 작게 떨리고 있었다. 이제 힘도 들어가지 않는 것 같았다.

"무슨 짓을……?"

"지효성 독이에요. 슬슬 힘들죠?"

릴리가 여유롭게 다가와 어깨를 슬쩍 밀자 미네는 털썩 무릎 꿇었다. 멍한 얼굴에는 대량의 땀이 맺혀 있었다.

생각해 보면 간부 미팅이 끝났을 즈음부터 미네의 모습은 이상했다.

지비아는 기세등등한 릴리의 옆얼굴을 훔쳐보았다.

'……새삼 느꼈지만 무서운 여자야.'

릴리는 미네가 『「봉황」의 인간은 죽었다』라고 단언한 시점에 홍차에 독을 넣었다. 미네의 용의가 아직 확실하지 않은 단계였다. 틀렸으면 어쩔 생각이었을까.

"자, 어서 실토해 주세요."

릴리가 품에서 해독제가 든 병을 꺼내 얼굴 앞에서 흔들었다.

"왜 당신은 클라우스 선생님에게 위해를 가하려고 한 거죠? 누군가가 지시했나요? 너무 방치하면 죽을 수도 있어요."

이건 거짓말이었다. 릴리가 탄 독은 몇 시간 동안 몸이 마비되는 정도였다.

하지만 미네가 그걸 알 리 없었다. 온몸의 자유를 빼앗는 독은 미네를 공포 속에 밀어 넣을 터다.

"말해 두는데."

지비아가 쐐기를 박았다.

"네 무전기라면 이미 훔쳤어. 지원군은 못 불러."

어필하듯 무전기를 허공에 한 번 던졌다가 받았다.

"끄으으으으으으으으으으으으으으!"

터질 것처럼 얼굴을 붉힌 미네가 이윽고 소리쳤다.

"도와주세요오오오오오! 보스으으으으으으으으으으으!"

SOS가 전달될 리 없었다. 소리쳐도 문제없도록 폐빌딩으로 데려온 거였다.

그래도 혹시 모르니 조용히 만들자 싶어서 다가갔다.

하지만 갑자기 홍수가 밀어닥치는 듯한 낮은 굉음이 들렸다.

사람의 발소리라고 알아차림과 동시에 건물의 어둠 속에서 거대한 그림자가 튀어나왔다. 맹렬한 돌진. 하지만 권총이 없는 소녀들은 요격할 수 없었다.

거대한 그림자는 숄더 태클을 걸어왔다.

지비아가 앞으로 나가 간신히 막았지만 충격을 죽이진 못했다. 뒤에 있던 릴리, 사라와 함께 날아갔다. 릴리가 놓친 화장품병 두 개가 흩어졌다.

"이게 해독제인가? 영악한 짓을 하는군."

거대한 그림자는 남자인 것 같았다.

소녀들도 들은 적이 있는 목소리였다.

"역시 이렇게 되나. 그러니 처음부터 다리뼈를 부러뜨려 놓아야 했는데."

CIM이 소유한 최대 방첩 부대의 수장.

압도적인 신체 능력과 무한한 체력으로 부하 96명을 아우르는 CIM 간부.

"왕의 적은 매단다."

『갑주사』 메레디스— 최대 방첩 부대 『바나딘』의 보스.

그는 릴리에게서 뺏은 해독제 병을 열어 미네의 입에 액체를 흘렸다. 「남은 해독제도 회수하기로 하지」라고 중얼거리고 병 하나를 품에 넣었다.

허리에 찬 검집이 어둠 속에서 반짝이고 있었다.

그의 뒤에는 부하도 열다섯 명 있었다. 소녀들에게 엄격한 시선을 보내고 있었다.

"말도 안 돼요……!"

릴리가 침음을 흘렸다.

"그 정도 외침이 들렸을 리가……!"

"부하를 돕기 위해 달려오지 못한다면 보스라고 할 수 없지."

메레디스가 미네의 어깨를 두드려 위로하고 소녀들을 응시했다.

"……그보다 온당하지 못하군. 왜 내 부하에게 독을 먹였지?"

"이 녀석이 『뱀』과 내통하고 있을 가능성이 있기 때문이야."

지비아가 단적으로 전했다.

"우리의 무기를 압수한 시점에 내통자가 숨어 있다고 봐도 좋아. 지금의 너희에게는 보스를 맡길 수 없어."

"……트집의 영역을 넘지 못하는군."

메레디스가 한숨을 쉬며 고개를 가로저었다. 떼쓰는 아이를 상대하듯 대수롭지 않다는 태도였다.

"딱히 너희와 토론할 마음은 없다. 우리에게는 우리의 사정이 있어."

"그쪽의 사정이라고?"

"설명할 이유는 없지. 신문받아야 할 건 내 부하를 건드린 너희다."

허리에 찬 세이버를 잡고 소녀들 쪽으로 걸어왔다.

대화로 해결할 사태는 아닌 것 같았다. 메레디스는 소녀들을 공격하고자 한다.

그가 『뱀』의 내통자일까? 부하인 미네와 함께 뭔가를 꾸미고 있는 걸까?

어쨌든 충돌은 피할 수 없었다.

"릴리, 사라, 가!"

지비아가 외치자 릴리가 사라의 팔을 잡아당기며 즉각 뛰기 시작했다. 허둥거리는 사라를 릴리가 억지로 뒷문으로 끌고 갔다.

메레디스도 거의 동시에 외쳤다.

"놓치지 마라!! 쫓아!!"

"—이미 훔쳤어."

지비아는 미네에게서 훔친 수류탄을 릴리와 사라 쪽으로 던졌다. 그녀들이 뛰쳐나간 뒷문 근처의 벽이 파괴되었다.

뒷문으로 달려간 CIM의 스파이들이 주춤했다. 그 틈에 지비아는 정면 현관 쪽으로 갔다.

보아하니 출구는 둘. 정면 현관과 뒷문.

이대로 지비아가 정면 현관만 막으면 릴리와 사라는 클라우스에게 도달할 수 있다.

"잠시 갇혀 줘야겠어."

지비아는 미네에게서 훔친 단검을 들었다.

"놓칠 수 없는 건 나도 마찬가지야. 당신의 사정이란 걸 실토해 줘야겠어."

불리해도 겁먹지 않았다.

적은 CIM 간부를 포함하여 열여섯 명. 특히 메레디스는 예전에 미네가 자신보다 백배는 강하다고 단언한 남자다. 클라우스와 아멜리 같은 강자의 압력도 느껴졌다. 지비아보다 격이 높은 것은 확실했다.

하지만 머릿속에는 이보다 몇 배 더 많은 적을 상대한 소녀의 모습이 있었다.

'……모니카는 얼마나 선전했을까?'

동료를 지키기 위해 모니카는 목숨을 걸고 맞서 싸웠다.

『등불』이라는 팀의 언니를 자처하는 자신이 물러날 수는 없었다.

'나도 싸워 주겠어!!'

자신도 목숨을 걸 때가 왔다.

"……아주 우습게 보였군."

메레디스가 불쾌한 듯 눈을 찌푸렸다.

◇◇◇

사라와 릴리가 뛰쳐나간 순간, 폭발로 뒷문이 막혔다.

릴리는 돌아보지도 않았다. 클라우스가 있는 빌딩을 향해 냅다 달렸다.

"릴리 선배?!"

사라가 릴리에게 끌려가며 외쳤다.

"괜찮은 건가요?! 지비아 선배를 두고—."

아무리 지비아가 강하다지만 저렇게 많은 적에게 포위당하면 살아날 수 없을 것 같았다.

형세가 너무 안 좋았다.

"안 괜찮아요……!"

릴리가 괴롭게 침음을 흘렸다.

"저희는 미네 씨만 협박해서 CIM을 속일 작정이었으니까요. 그게 실패한 시점에 끝난 거예요. 저 금발 마초는 뭐냐고요. 웃기지 말란 말이에요……!"

"그럼—."

"그래도 뛰어요!!"

릴리가 다시 한번 사라의 팔을 당겼다.

이미 폐빌딩과는 거리가 벌어진 상태였다. 돌아가기를 포기하고 달리는 데 집중하자 릴리가 손을 놓았다.

"이런 상황이지만 리더로서 설교 좀 할게요."

전에 없이 엄격한 음성으로 말했다.

"『등불』의 수호자라는 사라의 목표, 사실 저는 자기 능력을 넘어선 소망이라고 생각해요."

"……!"

"사라는 평범하게 미덥지 못한걸요. 모니카의 배신이 발각됐을 때도 전혀 움직이지 못했고요. 현실을 못 보고 있어요."

아무런 대꾸도 할 수 없었다.

사라의 실력을 고려하면 타당한 평가였다.

돌바닥을 차는 발소리만이 밤거리에 울렸다. 릴리는 달리는 속도를 늦추지 않았다.

"그렇기에 세운 목표라는 건 인정해요. 하지만 정말로 그 소망을 이루어『불가능』과 맞서 싸울 각오가 있다면—."

릴리의 목소리가 확실하게 울렸다.

"설령 질 것을 알더라도— 움직이는 것만큼은 그만둬선 안 돼요……!"

◇◇◇

4초 만에 패배했다.

지비아는 바닥에 엎어져 있었다.

"아……?"

멍청한 목소리가 흘러나왔다.

먼지가 입에 들어가서 텁텁했다. 그 이상으로 전신의 통증이 엄청났다. 등을 중심으로 어깨와 허리가 부서진 듯한 감각. 실제로 부러지진 않았겠지만, 그렇게 착각할 만한 충격을 받았다. 숨도 제대로 쉴 수 없었다.

'아니, 난 왜 쓰러져 있는 거야……?'

상황이 파악되지 않았다.

혼란스러워하며 어떻게든 일어나 눈앞에 있는 메레디스를 노려보았다.

'방금…… 무슨 일을 당한 거지……?'

단검을 들고 돌격했던 것은 기억한다. 그게 유일한 무기였다. 미네에게서 권총을 뺏긴 했지만 릴리에게 넘겼다. 적이 권총을 쓰기 전에 근접전을 걸었다.

가볍군, 하고 메레디스가 말했다.

다음 순간, 지비아의 몸은 바닥에 내동댕이쳐졌다.

등으로 떨어지고, 기세를 죽이지 못해 횡전. 그 결과, 엎어진 자세가 된 것이다. 몸이 호소하는 아픔을 통해 뒤늦게 이해했지만, 무슨 일을 당했는지는 추측할 수 없었다.

아연해하는 지비아 앞에 세이버를 든 메레디스가 서 있었다.

"『소진』 모니카가 해냈으니까 자신도 싸울 수 있을 줄 알았나?"

지비아의 의도를 꿰뚫어 본 중얼거림이었다.

그는 시시하다는 듯 「엄청난 자만이군」 하고 말했다.

"세계 제일의 역사를 자랑하는, 위대한 왕이 군림하는 이 나라의 첩보 기관 CIM. 그 간부라는 직함의 무게를 전혀 모르고 있어."

세이버를 휘두르자 공기를 가르는 소리가 났다.

"『소진』도 내게는 참패했다. —왕의 수호자 『갑주사』를 얕보지 마라."

지비아가 일어나서 다시 단검을 겨누자 이번에는 메레디스 쪽에서 육박해 왔다.

"—윽!"

그가 휘두르는 세이버를 막은 순간, 자세가 무너졌다.

"내막을 이해해도 어차피 못 막아."

칼끝이 마치 원을 그리듯 움직였다.

"칼끝을 이용한 메치기 기술이지. 이 세이버로는 베지도 않고 찌르지도 않아."

말한 대로 지비아의 중심이 무너지며 재차 바닥을 구르게 되었다.

메레디스의 전투 능력은 무시무시했다.

휴로 시민은 『바나딘』을 「폭력적이다」「조악하다」라고 야유하지만, CIM 내의 평가는 상당히 높았다.

조직의 기둥을 이루는 것은—『갑주사』 메레디스의 진력이었다.

초인적인 체력으로 온종일 분투하는 모습에 모두가 감명을 받았다. 나라가 위기에 처하면 최전선으로 뛰쳐나가고, 부하를 해치는 자에게는 가차 없었다.

96명에 이르는 부하 전원이 그를 존경하며 경쟁하듯 성과를 올렸다.

후방에서 부하에게 정확한 지시를 내리는 『조종자』와는 대극적인 카리스마.

그 뛰어난 육체 앞에서는 모니카조차 정면 전투를 피하고 도망에 전념했다.

즉— 지비아의 실력으로는 **조금도 상대가 되지 않았다.**

아무것도 모르는 자가 있었다면 차마 눈 뜨고 보지 못했을 광경이 펼쳐졌다.

근육질 남성이 소녀에게 폭력을 행사하고 있었다.

세이버만큼은 지비아가 단검으로 막고 있었다. 하지만 메레디스는 세이버를 페인트로 쓰고 발차기나 주먹을 날렸다. 막아도 자세가 흔들려서 후방으로 몸이 튕겨 날아갔다. 때로는 바닥에 쓰러졌고, 일어난 순간 다시 걷어차였다.

방어 일변도라는 말조차 어울리지 않았다. 그저 폭행이었다.

'나도 싸울 수 있을 줄 알았는데……!'

이미 지비아의 이마에서는 피가 흐르고 있었다. 양팔은 내출혈로 부어 있었다. 왼손은 약지와 소지가 부러져서 엉뚱한 방향으로 꺾여 있었다.

'설마 이렇게까지……!'

잘못된 판단을 뉘우쳤으나 메레디스는 기다려 주지 않았다.

세이버로 눈을 속이고 예리한 주먹을 휘둘렀다. 뺨에 클린 히트하여 지비아가 훽 날아갔다. 어금니가 깨지고 입안에 피가 찼다.

도망칠 수조차 없었다.

지비아의 도주로는 다른 『바나딘』 멤버가 막고 있었다.

방관 중인 미네가 궁지에 몰린 지비아를 비웃고 있었다. 해독제의 약효가 돌기 시작했는지 일어나 있었다.

"아하하! 보스. 슬슬 총으로 쏴 죽여도 되지 않을까요?"

"불필요해. 만에 하나라도 왕의 백성이 총성을 듣는다면 쓸데없는 불안을 주게 돼."

메레디스가 질책했다.

아까부터 권총을 쓰지 않는 이유가 그래서인 듯했다. 얕보고 있었다.

"F반은 『화원』과 『초원』을 쫓아라. 이 녀석은 내가 잡아서 인질로 쓰지."

지시를 받고 아홉 명 정도가 빌딩의 출입구로 달려갔다.

지비아는 일어나서 그들을 쫓았다.

"도망치지 마—!!"

몇 번이나 놓칠 뻔했던 단검을 단단히 움켜쥐었다.

메레디스가 저지하듯 막아섰다.

"—소용없어."

그의 세이버를 이번에는 막지 못했다.

칼끝이 지비아의 몸에 닿은 순간, 그녀의 발이 바닥에서 떨어졌다. 강한 에너지가 옆에서 가해진 것처럼 자세가 기울었다.

찌르기 위함도, 베기 위함도 아닌 검술.

칼끝이 돌격의 방향성을 틀어서 지비아의 몸은 앞으로 구르듯 공중에 떠올라 그대로 바닥에 메다꽂혔다.

재차 등에 강한 충격이 가해졌다.

꼴사납게 옆으로 굴러 어떻게든 일어났다.

"아하하! 이 이상 저항하지 않는 게 신상에 이로울 거예요."

미네가 손뼉을 치며 조소했다.

"네놈의 전투 수준은 진작 들통났어요. 슬슬 알 텐데요."

언제 들어도 듣기 싫은 목소리로 고했다.

"『소진』 모니카보다 훨씬 약한 범재. 그런 녀석이 당해 낼 수 있을 리가 없잖아요!"

"—윽."

절대 보지 않으려고 했던 사실을 들이밀었다.

◇◇◇

모니카와 지비아의 실력에 관해.

누구도 확실히 말하지는 않지만, 다들 알고 있는 사실이기도 했다.

지비아의 전투 기술은 모니카보다 떨어진다.

『등불』에서 두 사람의 역할은 비슷했다. 적과 교전할 시의 전투 요원.

그러나 두 사람 사이에는— 메꾸기 어려운 실력 차이가 있었다.

물론 지비아의 격투 능력은 뛰어나다. 무기를 금지하고 평지에서 싸운다면 모니카보다도 뛰어날 것이다. 스태미나도 있고, 팀에 대한 공헌도도 낮지 않다.

하지만 **모니카의 재능은 차원이 너무 달랐다.**

팀의 모두가 인정하는 월등한 센스. 비할 데 없이 정확한 사격 능력. 그리고 빛과 도탄을 구사하여 적을 농락하는 특기. 펜드 연방에서 한층 더 비약적인 실력을 손에 넣어 클라우스조차 물리쳤다.

예전에 클라우스는 지비아를 임무에서 제외하고 모니카를 데려갔다.

비선발조— 그렇게 내려진 평가는 전혀 틀리지 않았다.

◇◇◇

지비아는 씁쓸한 사실을 떠올리면서도 메레디스와 싸웠다.

발을 묶는다는 역할은 이미 끝냈지만, 저항을 그만둘 수는 없었다.

하지만 승산이 보이지 않았다.

어느새 공격보다도 방어에 전념하고 있었다. 후퇴하고 넘어지는 것을 반복했다. 칼날을 맞부딪칠 때마다 상처가 늘어나는 것은 항상 지비아였다.

—지비아는 모니카를 이기지 못했고, 모니카는 메레디스를 이기지 못했다.

부등호처럼 표시된 관계성이 머릿속에 연신 어른거렸다.

"그딴 건 잘 알고 있다고!"

지비아가 모니카보다 뛰어난 점이라면 포기를 모른다는 점일까.

세이버를 든 메레디스의 오른팔을 잡았다.

계속 맞부딪치면서 조금씩 상대의 움직임에 익숙해졌다. 상대의 호흡, 공격 타이밍, 패턴을 파악했다.

메레디스가 뿌리치려고 날린 레프트 훅을 오른팔로 막았다.

"대응했어……?!"

미네가 깜짝 놀라 신음하듯 말했다.

메레디스의 입에서 숨이 흘러나왔다.

지비아는 상대의 팔을 잡은 채 놓지 않았다. 왼손의 손가락 세 개로 구속했다.

"모니카가 대단하다는 건 인정하지만—."

오른손에 든 단검에 힘을 줬다.

클라우스와 훈련하는 나날을 보내며 갈고닦은 전투 기술을 발휘했다.

"나는 처음부터 그 평가를 뒤집으러 온 거야아아아아아!"

"—그게 어쨌다는 거지?"

메레디스의 움직임이 달라졌다.

순식간에 후퇴하여 지비아의 구속에서 벗어났다. 지금까지 원을 그리듯 세이버를 움직이던 것과는 다른 직선적인 움직임.

칼끝이 지비아의 오른팔을 꿰뚫었다.

"어——?"

시간이 멈췄다.

오른손에서 단검이 툭 떨어졌다. 바닥에 떨어져 메마른 소리를 냈다.

"……세이버로는 안 찌르는 거 아니었어……?"

"그런 거짓말도 간파하지 못하나."

메레디스는 가엾다는 얼굴로 말하고서 세이버를 뽑았다.

팔에서 격통이 일었다.

오른팔을 끌어안고 소리를 질렀다.

바닥 위에서 몸부림쳤다. 살면서 처음 느껴 보는 아픔이었다. 입술을 악물고 필사적으로 견뎌도 움직일 수가 없었다.

고개를 조아리듯 바닥에 머리를 박은 채 아픔에 떨었다.

"끝났군."

머리 위에서 메레디스의 차가운 목소리가 내려왔다.

"저항을 그만둔다면 목숨까지는 뺏지 않아. 너는 신문을 받을 거다."

"—윽."

웃음이 날 정도의 참패였다.

승부조차 되지 않았다.

애초에 메레디스는 진심으로 싸우지도 않았다. 권총을 쓰지 않고, 세이버로 내장을 찌르지도 않고, 다른 부하에게 가세하라고 요구하지도 않았다.

그런데도— 5분도 맞서지 못했다.

'이게 뭐야. 나도 강해졌다고 생각했는데…….'

분해서 입술이 떨렸다.

'전혀 아니잖아……! 너무 꼴사납잖아!'

온몸을 구타당했고, 땀과 모래가 상처에 들어갔다. 그 아픔이 현실을 가르쳐 줬다.

—클라우스라면 이길 수 있었다.

—모니카라면 좀 더 싸울 수 있었다.

하지만 자신은 이 꼴이다. 메레디스에게 상처 하나 입히지 못하고, 애벌레처럼 몸을 말고서 생살여탈권을 넘겨줬다. 이 얼마나 비참한가.

다른 스파이를 능가하는 동료에 비해 자신은 얼마나 약한가.

"……흥. 질질 짜는 애송이가 이런 곳에 오지 마."

메레디스가 한숨을 쉬고서 세이버를 검집에 넣었다.

"어째서 네가 나를 이기지 못하는지 가르쳐 주지."

"……윽."

"너의 움직임은 『소진』에 대한 경쟁심 때문에 둔해졌어. 『그 녀석이 했다면 나도 할 수 있다』— 하찮은 허영, 너무나도 유치한 감정이야."

메레디스는 건물이 떨릴 듯 강하게 고함쳤다.

"그런 사사로운 감정으로 버무려진 칼날이 왕을 위해 이바지하는 우리에게 닿을 거라고 생각하지 마!"

"……!"

벼락같은 호통을 듣고 지비아는 바닥에 머리를 박은 채 눈을 크게 떴다.

◇◇◇

듣고 보니 이건 당연한 결과였다.

CIM은 한 식구의 배신으로 『뱀』에게 한 방 먹긴 했지만, 첩보원 개개인의 잠재력은 상당히 높았다. 간부진의 실력은 릴리가 떼로 덤벼도 이길 수 없을 정도였다.

지비아의 격투 능력에는 더 윗단계가 있다.

하지만 본인도 자각하지 못하여 아직 도달하지 못한 경지였다. 자신의 과거와 여전히 마주하지 못한 지금의 지비아와는 상관없는 이야기였다.

―『등불』은 CIM의 포위를 돌파하지 못한다.

―그 결과, 클라우스에 다가가지도 못하고 한층 더한 비극을 낳게 된다.

그런 미래를 뒤집을 역전의 한 수가 될 존재는―.

◇◇◇

"……생각났어."

지비아의 입에서 중얼거림이 흘러나왔다.

지금껏 싸운 적에게 질책받은 치욕 때문은 아니었다. 메레디스의 호통에 미숙자에 대한 연장자의 동정이 담겨 있었기 때문도 아니었다.

굴욕보다도, 무력감보다도, 마음을 꿰뚫는 충동이 있었다.

"당신과 비슷한 말을 했던 남자가 있었어."

"……무슨 소리지?"

메레디스가 미심쩍어했다.

다른 부하들도 얼굴을 찌푸렸다. 갑자기 중얼거리기 시작한 지비아가 이상하게 느껴진 모양이었다.

상관하지 않고 계속 말했다.

“재수 없는 어조로 말했었어. 『양성 학교의 성적에 연연하지 마♪』라고.”

고개를 들고 미소 지었다.

“하지만 웃기게도 말이지, 그 녀석도 좁은 가치관을 가지고서 살았어. 같은 팀의 남자를 못 이기는 걸 줄곧 신경 썼어. 동년배의 천재에게 한참 미치지 못하는 것을.”

숨이 새어 나왔다.

“그 녀석이 가르쳐 줬어. ―연계가 내 무기라고.”

어떤 마음으로 그 소망을 맡겼을까.

그 자신도 필사적으로 단련하고 있는 것 같았다. 교섭 기술, 전투 기술, 자신이 잘할 수 있는 무기를 키웠다. 그러나 『봉황』의 보스, 빈드는 도저히 당해 낼 수 없었다.

―지비아가 모니카를 당해 내지 못하듯, **그 남자**도 빈드를 이기지 못했다.

아아, 하고 새삼 재인식했다.

자신들에게는 이런 공통점이 있었구나.

이해할 수 없는 이야기가 불쾌했는지 메레디스가 눈썹을 찌푸렸다.

“누구를 말하는―.”

“너희가 죽인 상대를 말하는 거야!!”

메레디스가 침음을 흘렸고, 미네를 포함한 부하들이 숨을 삼켰다.

그 직후, 위층― 지비아가 있는 빌딩의 2층에서 소리가 났다. 뭔가가 흔들리는 듯한 소리였다.

방금 그 소리는 뭐냐고 누군가가 중얼거렸고, 메레디스가 천장을 올려다보았다.

지비아는 미소 짓고서 떠올렸다.

남을 놀리는 버릇이 있는, 『봉황』의 독설가 전투원— 『상파』 빅스.

예전에는 전체 양성 학교에서 2등이라는 성적을 자랑했다. 영화배우처럼 잘생겼고, 사람을 자주 깔보는 청년이었다.

남다른 괴력을 가졌으며, 룽청에서는 지비아와 직접 싸웠다. 교류 기간에는 늘 지비아에게 간섭하고 억지로 미팅에 데려가며 스파이로서 싸우는 법을 전수했다.

지비아는 그와 보낸 나날을 떠올리고 강하게 선언했다.

"내 힘으로는 당해 낼 수 없어. 힘을 빌려줘, 빅스."

비틀거리면서도 확실하게 일어났다.

"『상파』&『백귀』— 떠올라 부수고, 가로채 터는 시간을 가져 주겠어."

◆◆◆ ◆◆◆ ◆◆◆

빌딩 2층.

아래층에서 들리는 목소리를 듣고 두 스파이가 미소 짓고 있었다.

"힘을 빌려달래~ 빅스 군."

늘어지는 목소리로 말한 것은 『우금』 팔마. 웨이브진 머리를 길게

기른 통통한 여성이었다. 「나태」하다는 인상을 주는 생김새였다.

그녀는 창틀에 앉아 특별한 밤을 즐기듯 눈을 가늘게 떴다.

"어쩔 수 없지~. CIM을 돌파하기에는~ 아직 힘이 부족한걸. 미네 씨의 거짓말을 간파하는 데도 팔마의 힘이 필요했고~."

"그러니까 말이에요♪ 정말로 눈을 뗄 수가 없어요."

이름을 불린 『상파』 빅스가 어깨를 으쓱였다.

그는 2층을 걷고 있었다. 뭔가를 찾듯 시선을 움직이다가 이윽고 찾던 것을 발견하고 멈춰 섰다.

숨기고 있던 너클을 꺼내 크게 치켜들었다.

"이번만 힘을 빌려주죠— 함께 싸워요, 지비아♪."

상냥해 보이는 얼굴과 어울리지 않는 강한 완력에 목표물은 파괴되었다.

◆◆◆ ◆◆◆ ◆◆◆

다시 일어난 지비아를 메레디스가 아연한 얼굴로 노려보았다.

"너는 무슨 소리를 하는 거지……?"

그렇게 말하는 것도 무리는 아니었다. 이제 지비아는 제대로 싸울 수 있는 상태가 아니었다. 오른손으로 단검조차 쥘 수 없었다. 찔린 팔을 지혈하지 않으면 목숨도 위험하다.

승패는 결정 났다.

지비아는 CIM에게 아부하며 순순히 정보를 실토해야 했다. 아니면 자결을 시도하여 스파이로서 정보 보호에 힘쓰거나.

"……그런 허풍이 통할 것 같나. 『봉황』은 『뜬구름』을 제외하고 죽었을 터."

메레디스는 당혹스러운 듯 눈을 깜빡였다.

"연계? 웃기지 마라. 너에게 이 이상 동료가 있나?"

"있어."

지비아는 말했다.

"우리는 『봉황』과 함께 싸우고 있어."

지비아는 움직이지 않았다. 두 다리로 서서 강한 시선을 보냈다.

메레디스는 어이없다는 듯 한숨을 쉬었다.

"……불쌍하군. 정상적인 사고조차 못 하게 됐나."

완만한 동작으로 다시 검집에서 세이버를 뽑았다.

지비아의 왼팔을 날카롭게 찌르려 들었다.

"편히 만들어 주마. 망령과 함께 굴복해라."

천장이 갈라졌다.

"——?!"

세이버가 멈췄다.

돌에 금이 가는 듯한 불쾌한 소리가 나고, 다음 순간, 굉음과 함께 천장이 무너졌다.

석고 보드와 콘크리트, 무수한 전선이 쏟아졌다.

이미 지비아는 움직이고 있었다. 잔해를 피할 곳으로 달렸다.

"윽, 어째서—?!"

메레디스의 판단도 빨랐다. 공격을 멈추고 즉각 부하를 지키는 걸 우선했다.

갑작스러운 사고에 반응하지 못한 부하에게 태클을 가해 안전한 기둥 옆으로 밀쳤다.

천장이 다 무너지고 남은 부하의 안부를 확인하려고 했을 때, 접근하는 그림자가 있었다.

이미 지비아는 그의 사각지대로 이동해 있었다. 태세가 무너진 메레디스에게 어떤 물건을 투척했다.

메레디스는 예리한 검 솜씨로 그것을 잘라 냈다.

그것은 화장품병이었다. 메레디스의 세이버는 유리를 쉽게 절단했다.

안에 있던 액체가 얼굴에 뿌려졌다.

"윽, 독인가……!!"

릴리와 헤어지기 직전에 지비아가 건네받은 병이었다.

메레디스는 뒤로 물러나며 얼굴을 닦았다. 입에 살짝 들어간 듯했다. 얼굴을 찌푸리고 있었다.

"하지만 내게는 해독제가—."

그가 눈을 떴을 때, 지비아는 접근을 마친 상태였다.

이미 세이버로 공격할 수 있는 거리가 아니었다. 메레디스를 향해 부러진 왼손을 뻗었다.

"—훔치면."

"그렇겐 못 해애애애애애애애애애애!"

메레디스가 혹을 날리듯 주먹을 휘둘렀다.

주먹은 지비아의 옆구리에 들어갔다.

혼신의 기합이 담긴 묵직한 일격이었다.

지비아의 몸은 간단히 떠올랐다. 공처럼 바닥을 굴러 근처 기둥과 부딪쳤다.

"……최후의 발악인가. 놀라게 하는군."

메레디스는 감탄한 듯 한숨을 쉬었다.

"어떻게 한 건지는 모르겠지만 천장을 파괴하고, 그 틈에 독을 먹이는 건가. 마무리로 내 해독제를 뺏을 셈이었겠지만— 실패다."

메레디스의 품에는 아직 화장품병이 남아 있었다.

병에 든 홍차를 단숨에 들이켰다.

중독 증상이 나타나기 전에 해독제를 마시는 것은 당연한 판단이었다.

병의 내용물을 싹 비우고 의기양양하게 입가를 닦았다.

"이제 끝이군. 이번에야말로 신문하겠다."

지비아에게는 도망칠 기력 따위 남아 있지 않았다.

기둥에 기댄 채 고개를 숙이고, 다리를 쭉 뻗고 앉아 있었다.

"……나는 진짜 글렀다니까."

패기 없는 목소리로 말했다.

오른팔에서는 피가 흘렀고, 왼손은 손가락 두 개가 꺾여 있었다. 옷은 찢어져 상처투성이인 맨살이 드러나 있었다.

"……역시 모니카는 전혀 당해 낼 수가 없어. 너무 분해."

천천히 고개를 들었다.

피와 눈물로 더러워진 얼굴에 확실한 웃음을 머금고서.

"……누군가를 속이는 것조차, 누군가와 연계해야만 가능했어."

메레디스가 움직임을 멈췄다.

바로 알아차린 듯했다. 눈을 크게 뜨고 있었다.

"——!!"

그랬다. 그가 방금 마신 것은 해독제가 아니었다.

지비아는 전투 중에 해독제를 훔쳐서 독이 든 병과 바꿔치기했다.

그것은 뛰어난 절도 기술을 가진 『백귀』의 특기.

의식을 다른 데로 돌리고 상대방의 물건을 슬쩍하는 기술의 응용. 상대의 품에 물건을 넣는 것이다.

하지만 혼자 힘으로는 이룰 수 없었다. 지비아에게는 적을 완벽히 속일 두뇌가 없다. 이번에도 릴리가 준비해 준 독이 없었다면 성립하지 않았다.

빌리고, 주고, 나누고. 지비아의 사기술은 동료와 연계함으로써 성립한다.

『절도』×『바꿔치기』— 허실 혼효.

메레디스가 마신 것은 해독제가 아니라 독. 그것도 미네가 섭취했던 희석한 독과는 달랐다. 직전에 입에 들어간 해독제를 아득히 능가하는 양의 독을 섭취했다.

메레디스의 몸이 점차 기울어지기 시작했다.

"설마, 너, 이걸 줄곧 노리고—."

"『화원』&『백귀』— 미쳐 만발하고, 가로채 터는 시간."

이곳에는 없는 동료의 이름을 말하고 미소 지었다.

"—이미 바꿔치기했어."

이전에 모니카조차 도망쳤던 강적이 지비아 앞에서 쓰러졌다.

◇◇◇

메레디스의 거구가 쓰러졌을 때, 다른 『바나딘』 멤버들이 나섰다. 미네를 포함해 남아 있던 여섯 명이 만신창이인 지비아를 제압하려고 했다.

역시 승리는 없다. 패배는 불가피하다.

하지만 지금이라면 다소 대화는 할 수 있을 터다.

"가까이 오지 마!"

지비아가 왼손을 들었다.

"—다가오면 이 해독제를 깨뜨리겠어."

그녀의 손에는 해독제 병이 있었다.

협박하기에는 충분했다. 『바나딘』들의 움직임이 멈췄다. 가령 총을 쏘더라도 지비아가 병을 떨어뜨린 충격으로 해독제는 없어진다.

"그러니까 얘기를 들어 줘. 정말로 CIM에 내통자가 숨어 있을지도 몰라. 『선율사』의 부하가 죽은 것도, 우리는 정말 모르는 일이야……!"

지비아가 필사적으로 호소했다.

"누가 그걸 보고했어? 너희야? 아니면—."

여기서 구체적인 근거를 보여 줄 수 있는 건 아니었다.

하지만 역학 관계는 바뀌었다. 지금 지비아는 그들의 상사의 목숨을 쥐고 있었다. 아무리 기밀 정보를 지키는 부대여도 간단히 보스를 버리지는 못할 터다.

"대답해!"

출혈 때문에 날아가려는 의식을 붙잡고 언성을 높였다.

"……너희야말로 뭘 꾸미고 있었지?"

고통스럽게 말을 꺼낸 사람은 메레디스였다.

"우리를 먼저 속이려고 한 건 『등불』 아닌가? 『화톳불』이 『뱀』과 내통하고 있다는 정보가 있었다. 증거도 봤지."

"……뭐?"

"그래서 미네는 너희를 몰래 처리할 준비를 하고 있었다."

상상을 뛰어넘는 누명에 목소리가 안 나왔다.

CIM 내에서 멋대로 그런 이야기가 진행되고 있었다니.

“말도 안 돼……. 이해할 수가 없어…….”

“무고하다는 근거는 보여 줄 수 있나? 살고 싶어서 둘러대려고—.”

“목숨 아까운 녀석이 팔을 찔리면서까지 당신이랑 싸울 리가 없잖아.”

지비아가 목소리를 높이자 메레디스는 모든 것을 깨달은 것처럼 고개를 끄덕였다.

“……그렇군.”

분한 듯 입술을 깨물었다.

“아무래도 우리는 함께 속은 모양이야. 이상하군. 네이선 님께서 간파하지 못하실 리가 없는데…….”

뭔가 걸리는 점이 있는 모양이지만, 메레디스도 내통자의 존재에 생각에 미친 듯했다.

“누구야? 누가 헛소문을 퍼뜨린 거야?”

메레디스가 이름을 말했을 때, 그의 품에서 기계적인 소리가 났다. 그가 소유한 무전기에 연락이 온 모양이었다. 이어서 사람의 목소리가 들렸다.

이윽고 메레디스는 험악한 얼굴로 지비아를 바라보았다.

“내 부하에게서 보고가 올라왔다. —『화톳불』이 방에서 사라졌다고 해.”

“——?!”

발에 최후의 힘을 줘서 메레디스에게 달려들었다.

주위에 있던 부하들이 무슨 짓이냐고 외치며 지비아를 잡으려 들었다.

지비아는 그들에게 해독제 병을 던져 주고 메레디스의 품에서 무전기를 빼앗았다.

“미네한테서 훔친 무전기는 릴리에게 넘겨줬어! 어떻게 하면 연결돼?”

메레디스는 의도를 이해한 듯 부하에게 가르쳐 주라고 지시했다.

CIM이 소유한 특수한 무전기였다. 미네에게 조작법을 배우고 바로 외쳤다.

“릴리, 사라!! 들려?!”

《—지비아?! 무사한가요?!》

무전기에서 곧장 릴리의 목소리가 들렸다.

“어떻게든.”

목청을 돋웠다.

“그보다 그쪽 상황은?”

《—앗, 네! 큰일 났어요! 선생님이 건물에 없어요! 경비하던 『배리어스』 사람들도 허둥대고 있고!》

그녀들은 무사히 건물에 도달한 듯했다.

하지만 클라우스를 도우러 가기 직전에 경비원의 이변을 알아차린 모양이었다.

《어, 어쨌든 수상한 차가 나가는 게 보여서 그쪽으로 이동하고 있어요. 다만 밤안개 때문에—.》

"그대로 쫓아!!"

최대한 목소리를 키워 외쳤다.

최악의 경우, 지금 클라우스를 쫓을 수 있는 사람은 그녀들뿐이다. 적어도 지비아는 이제 임무에 참가할 수 없었다.

《네?》

"적이 더 빨랐어! 지금부터 힘껏 쫓아가!! 흰거미의 내통자는—."

그 이름을 전하는 게 한계였다. 마침내 의식이 몽롱해졌다.

솟구치는 분함에 괴로워하며 동료에게 모든 것을 맡겼다.

◇◇◇

승용차 한 대가 밤안개 속을 달려갔다.

엔진 소리는 상당히 작아서 무음에 가까웠다. 이것도 CIM이 개발한 특별한 기술일까.

뒷좌석에 앉은 클라우스는 옆에 있는 여성에게 말했다.

"갑자기 무슨 바람이 분 거지? 나를 이송하다니."

방에서 나오라는 명령을 받은 것은 불과 10분 전. 양팔을 뒤로 돌려서 새로이 자물쇠 다섯 개를 채워 단단히 구속하고 그대로 차에 태웠다.

이동한다는 이야기는 사전에 듣지 못했다.

클라우스는 흰거미를 꾀어내기 위한 미끼이기도 했다. 너무 움직여선 안 됐다.

자신을 데리고 나온 여성을 노려보았다.

"게다가 날 호위하는 사람이 고작 두 명이라니. 상당히 비밀리에 움직이잖아."

"긴급 사태예요. 이유는 추후에 설명할게요."

아멜리가 쌀쌀맞게 대답했다.

말수는 적었고, 왼손에 권총을 들고 있었다. 만약 클라우스가 저항하면 바로 사살하겠다는 의사 표시이리라.

지금은 순종적으로 행동하길 선택했다.

—요 며칠은 외부 정보가 들어오지 않았다.

방에 감금되어 신문 하나 받지 못했다. 지금 무슨 일이 벌어져서 어떤 사태가 되었는지 전혀 파악하지 못했다. 유도에 반대할 말이 없었다.

밤 열 시경이 되어 휴로의 거리는 밤안개에 뒤덮여 있었다.

차는 이윽고 어떤 공장 부지로 들어갔다. 공장 내에 선로가 깔려 있었다. 아무래도 철도 정비 공장인 것 같았다.

한 증기 기관차 옆에 승용차가 멈췄다.

기관차의 차체는 상당히 컸다. 까만 원기둥이 그대로 눕혀진 것 같은 모양. 펜드 연방의 대표적인 형태였다.

"애초에 증기 기관차는 우리나라가 만들어 냈어요."

아멜리가 갑자기 말을 꺼냈다.

"40년 전에는 당신네 나라에도 수출했죠. 어떤가요? 우리나라 전통의 아름다운 4-6-0 차륜 배치. 보일러 압력도 17킬로를 넘어서 웬만한 나라는 이룰 수 없는 수준이에요."

"굉장히 자랑스러워하는 어조군. 철도를 좋아하는 줄은 몰랐어."

"제게도 취미 한두 개는 있답니다."

조금 부끄러운 듯 고개를 끄덕였다.

"당신은 여기에 타 줘야겠어요."

비밀리에 이동하기 위함이리라.

기관차 뒤에 객차가 두 대 이어져 있고, 환한 조명이 창밖으로 새어 나오고 있었다.

승강장이 없기에 사다리를 이용해 오르내려야 했다.

양팔을 쓸 수 없어서 사다리를 이용하기는 힘들었지만. 아멜리가 어이없다는 목소리로 「당신이라면 할 수 있잖아요?」 하고 재촉해서 균형을 잡으며 승차했다.

이곳까지 승용차를 운전한 사람은 기차에 타지 않았다.

클라우스와 아멜리가 객차에 들어가자 증기 기관차가 움직이기 시작했다.

모습은 보이지 않지만, 기관차를 움직일 정도의 인간은 있는 듯했다. 운전을 담당하는 기관사와 동력을 담당하는 부기관사, 최소 두 명은 필요하다고 들었다. 기관실에 있는 걸까.

움직이기 시작한 기관차는 금세 속도를 올렸다.

순식간에 공장을 벗어나 일반 선로에 합류했다.

'이대로 속도가 오르면 뛰어내리는 건 무리겠어.'

만약 100킬로까지 속도가 올라가면 양팔이 구속된 상태로 뛰어내리는 건 자살 행위다.

창밖으로 흘러가는 경치를 바라보며 현재 상황을 분석했다.

—기관차를 멈추지 않으면 탈출은 불가능하다.

—외부의 도움은 기대할 수 없다.

클라우스는 객석에 앉아 작게 한숨을 쉬었다.

"어지간히 나랑 단둘이 되고 싶었나 봐."

"그렇죠."

아멜리는 부정하지 않았다. 클라우스와는 다른 객석에 앉아 앞을 바라보았다.

"답을 전해 드리려고요."

입술이 움직였다.

"『모든 것을 다시 의심해라』— 그렇게 타이른 사람은 당신이었잖아요."

그런 얘기를 했었지, 하고 떠올렸다.

둘이서 모니카를 쫓을 때였다. 『등불』이 『배리어스』를 구속하고, 『하이드』 내에 배신자가 숨어 있다는 것이 발각되어, 아멜리의 멘탈은 불안정하게 흔들리고 있었다.

그래서 동업자에게 가벼운 조언을 건넸었다.

"최근 며칠간 수없이 마주했어요. 당신들이 싸우는 걸 보면서."

아멜리는 여전히 앞을 보며 말했다.

"저의 바람은 단 하나, 여왕 폐하가 군림하고 제 가족과 연인이 평온하게 지내는 이 아름다운 나라를 지키는 거였어요. 그걸 위해 정말로 해야 할 일은 무엇인가. 그저 명령을 수행하는 것이 옳은가? 시도 때도 없이 사고를 거듭했어요."

"……답은 찾았나?"

"네."

아멜리는 미소 지었다.

"—당신의 스승과 똑같은 결단이에요."

무슨 뜻이냐고 반문하기 전에 객차의 문이 열렸다.

기관실 쪽에서 한 남자가 왔다. 오른손에 권총을 들고, 기분 좋은 기색으로 성큼성큼.

"직접 만나는 건 오랜만이네, 괴물."

클라우스가 그의 모습을 잊는 일은 없다.

스승을 배신자로 만들어 『화염』을 붕괴로 이끌고, 끝내 스승을 쏴 죽인 『뱀』의 일원. 그리고 제자인 모니카를 파멸로 몰아넣은 남자.

"……흰거미."

클라우스가 살기 어린 시선을 보냈다.

"오늘을 기념일로 삼자."

흰거미가 혀를 내밀었다.

"—『화염』이 완전히 궤멸하는 날이야."

4장 섭리

『조종자』 아멜리는 조국에 몸을 바친 여성이었다.

학생 시절에 뛰어난 재능을 보여 CIM의 첩보 공작원이 되었다.

이윽고 그녀가 지휘하게 된 『배리어스』는 최고 간부에게 직접 명령을 받는 특무 기관이었다. 특별히 기밀성이 높은 임무를 수행했다. 거물 정치가의 매국 행위 수사, 왕족의 스캔들을 쥔 기자의 구속, 무수한 임무를 완수했다.

상부의 명령을 의심한 적은 없었다. 충실한 체스말로서 시키는 대로 실행했다. 자신 또한 꼭두각시에 불과하니까.

모든 것은 사랑하는 조국을 위해. 왕을 위해. 옛 가족과 연인의 평안한 나날을 지키기 위해.

하지만 그 충성심을 이용당하고 자신의 인생을 되돌아볼 때가 찾아왔다.

윗사람인 『초록나비』가 시키는 대로 『봉황』을 습격했다. 아무리 타국의 스파이라지만 과도한 습격이었다. 거짓 정보에 놀아난 결과, 다린 황태자를 지키지 못했고, 끝내는 『등불』에 참패하여 부하들과 함께 신병을 구속당했다.

클라우스와 지비아, 에르나, 모니카에게 한 대 얻어맞은 기분이었다.

—단순한 체스말은 나라를 지킬 수 없다.
—자신은 스파이지 노예가 아니다.
나라를 지키는 것이 무엇인지 다시금 생각해야 했다.
힌트를 준 사람은 얄궂게도 아멜리를 함정에 빠뜨린 『초록나비』였다.
"그 남자를 만나면 네가 바라는 답을 얻을 수 있을 거야."
초록나비는 흔들리는 마음을 꿰뚫어 본 것처럼 말했다.
"겁이 많은 남자니까 혼자 가야 나타날걸."
다행히 그 말을 들은 사람은 아멜리뿐이었다.
망설임은 없었다. 설령 그것이 초록나비의 책략이더라도, 자신의 의지로 선택한다면.

지정받은 대로 심야에 부두에서 기다리고 있으니 인기척이 느껴졌다.
초록나비가 예고한 것처럼 신중한 남자였다. 함정은 아닌지, 사람을 숨겨 두진 않았는지, 그런 것들을 꼼꼼히 확인하는 시간이 수십 분 이어졌다.
"초록나비 녀석도 쓸모가 있네. 괜히 CIM의 최고 간부가 아닌가 봐."
이윽고 자세가 구부정한 남자가 나타나 말을 걸어왔다.
"아름다운 레이디— 당신의 바람은 뭐지?"
"모든 것을 알고 싶어요."

아멜리는 등을 곧게 펴고 말했다.

"『뱀』과 『화염』이 무엇을 위해 싸웠고, 다린 전하가 손댔던 금기가 무엇인지 전부 알고 싶어요. 그걸 알고 나서 저는 결단하고 싶어요."

남자는 기분 나쁘게 웃었다.

속삭이는 듯한 목소리로 「걱정하지 마」 하고 막역하게 말했다.

"나는 약한 녀석 편이야."

◇◇◇

기관차는 속도를 늦추지 않고 휴로에서 멀어졌다.

때때로 차륜이 삐걱거리는 소리가 나며 차량이 흔들렸다.

클라우스는 천천히 좌석에서 일어나 통로에 선 흰거미의 정면으로 이동했다.

"너는 저 녀석의 마음 따위 이해 못 하겠지."

흰거미가 온화한 얼굴로 아멜리를 보았다.

"나는 존경해. 졌음을 알고, 자신을 둘러싼 상식을 의심하고, 결론을 냈어. 실패를 거름 삼아 성장하는 사람은 언제나 멋있잖아?"

아멜리도 좌석에서 일어나 흰거미 옆으로 이동했다. 그의 동료임을 보여 주듯 옆에 서서 권총을 들고 클라우스를 노려보았다.

조금 전까지 숨기고 있었던 살기를 풍겼다.

흰거미는 어깨를 으쓱였다.

"말해 두는데, 나는 세뇌 같은 짓은 못 해."

"네, 저는 제 의지로 『뱀』 편에 붙기로 했어요."

아멜리의 눈은 맑았다.

"이제는 당당히 말할 수 있어요. —이게 저의 사명이라고."

지금까지 클라우스가 봤던 어떤 아멜리보다도 당당했다.

『하이드』의 체스말처럼 움직이던 때와도, 동료를 인질로 잡혀서 당혹스러워하던 때와도 달랐다. 행동거지에서 강한 의지가 느껴졌다.

—흰거미와 아멜리가 손을 잡고 자신을 죽이려 하고 있다.

눈앞의 광경에 목이 졸리는 듯한 심정이 되었다.

특별히 아멜리에게 친애의 정이 있던 것은 아니지만, 지금까지 짧지 않은 나날을 함께 보냈다. 스파이 세계에서 흔한 일이라고 해도 배신은 언제나 허망하다.

밀실 같은 이 차량에서 둘이 함께 클라우스를 총살할 셈일까.

"왜지?"

클라우스는 물었다.

"무엇이 너를 바꿨지? 다린 황태자가 살해당하여 남의 눈도 신경쓰지 않고 흘렸던 눈물은 거짓이었나? 네 옆에 있는 자는 황태자를 죽인 장본인이야."

아멜리의 표정은 흔들리지 않았다. 각오는 진즉에 끝낸 걸까.

하지만 그래도 말해야 했다.

"지금이라면 아직—."

"늦지 않았다? 그럴 리가 없잖아."

반응한 사람은 흰거미였다.

재빨리 권총을 들고 즉각 방아쇠를 당겼다. 조준한 것 같지도 않은데 총알은 정확하게 목표물을 맞혔다.

—아멜리의 측두부가 꿰뚫렸다.

흰거미가 사격한 것은 클라우스가 아니라 옆에 있는 동료였다.

아멜리의 몸이 날아갔다.

두개골이 깨졌는지 그녀의 머리에서 피가 터져 나왔다. 몸은 그대로 바닥에 허물어졌다. 머리에서 흘러나오는 피가 옷의 프릴을 빨갛게 물들였다.

클라우스는 「아멜리……」 하고 침음을 흘렸다.

"비난하지 마. 이 녀석도 알고 있었을 거야."

흰거미는 안타깝다는 듯 고개를 가로저었다.

아멜리는 꿈쩍도 하지 않았다. 단언할 수 있었다. 즉사다.

"만에 하나라도 너한테 설득되면 당해 낼 수 없어. 불안 요소는 먼저 없애 둬야지."

"——."

스파이로서의 비정한 판단. 다시 클라우스 측에 붙을지도 모른다는 우려를 없애기 위해 죽인 것인가.

물론 아멜리도 이해하고 있었을 터다. 배신한 스파이에게 밝은 미래 따위 없다.

하지만, 이건 너무나도—.

거기서 생각을 멈추고 고개를 흔들었다. 지금은 감상에 빠질 때가 아니었다.

흰거미가 얼굴에 튄 피를 손으로 닦았다.

"이제 단둘이네, 괴물."

"그래, 그렇군."

생각해 보면 자신도 이 순간을 바랐을지도 모른다.

—클라우스가 가장 죽이고 싶어 하는 남자.

인정하고 싶진 않지만 숙적이라고 불러도 좋다. 최근 반년간 그를 붙잡고, 신문하고, 숨통을 끊는 것만 생각했다.

클라우스의 가족인 『화염』을 빼앗은 남자. 그리고 『봉황』과 모니카를 파멸시킨 흑막.

"진짜 상당한 수고가 들었어."

이때를 기다린 것은 흰거미도 마찬가지인 듯했다. 즐겁게 어깨를 으쓱였다.

"마침내 은매미의 원수를 갚을 수 있겠어. 무덤에 네 목이라도 갖다줘야지."

"……음?"

느닷없이 나온 말에 의문을 품었다.

흰거미가 눈썹을 찌푸렸다.

"뭐야. 갑자기 이상하다는 것처럼."

"은매미라는 건 누구지?"

"……아~ 응. 눈치로 때려 맞추자. 너희 팀 보스한테 보라개미 형을 보낸 것처럼 너한테도 한 명 보냈었어. 은매미라는 여자를."

"그랬군……."

"흐름으로 알 수 있잖아."

"이건 네 설명이 부족하지 않았나?"

갑자기 모르는 원한을 말해서 당황하고 말았다.

듣고 보니 짚이는 바가 없지는 않았다.

『화염』이 괴멸했다고 여겨지는 기간에 상당히 곤경에 처했던 적이 있었다. 원인 불명의 컨디션 난조에 빠지고 여러 암살자에게 습격당했었다. 모두 물리치긴 했지만 적의 이름을 신문할 여유는 없었다.

그 암살자 중에 『뱀』도 섞여 있었던 모양이다.

여하튼.

다시금 흰거미를 정면에서 응시했다.

"저번과 똑같은 질문을 하고 싶어."

"뭔데."

"왜 스승님은 『화염』을 배신했지?"

딘 공화국의 환락가에서도 던졌던 질문이다.

"너희가 아무런 대의도 없이 움직이고 있다고 생각하진 않아. 너희한테도 너희의 정의가 있겠지. 스승님과 아멜리가 마음을 바꿀 만한 강한 동기인 거지?"

"저번과 똑같이 답하기로 하지."

흰거미의 얼굴에서 웃음이 사라졌다.

"사정을 전부 털어놓으면 『뱀』 편에 붙어 줄 건가?"

"……."

흰거미의 음성은 절실히 호소하듯 진지했다.

고개를 끄덕이면 정말로 이야기해 줄지도 모른다. 그렇다면 겉으로나마 동의해서 일단은 정보를 빼내는 것이 스파이로서 정답이다.

하지만 그것만큼은 할 수 없었다.

스파이로서가 아니라 본능이 거부했다.

미숙하다고 비웃음을 당하더라도, 그 충동을 저버리면 자신의 인격이 끝장날 것 같았다.

"이상해. 왜 그렇게까지 『뱀』을 원망해?"

어이없다는 듯 흰거미가 눈을 찡그렸다.

"너의 스승— 기드 씨는 『뱀』 편에 붙었어. 그 선택을 못 믿는 거야? 우리는 딱히 협박하지도 않았어. 그런 폭력 머신을 어떻게 복종시키겠어."

목소리에는 미처 숨기지 못한 경외가 담겨 있었다.

"기드 씨는 끝까지 자신의 결단을 부끄러워하지 않았어."

"네가 스승님에 대해 말하지 마."

마침내 겉으로 드러난 감정은 분노에 가까웠다.

인정할 수 있을 리 없었다. 기드가, 스승이, 클라우스가 아버지처럼 여겼던 남자가 택한 것이 이 남자와 똑같은 길이라니.

역시 화해는 없다. 정보는 실토하게 만들면 된다.

"내가 『뱀』을 따르는 일은 있을 수 없어."

"그런가. 그럼 어쩔 수 없지."

처음부터 알고 있었던 것처럼 흰거미는 고개를 가로저었다. 권총을 들고, 겨드랑이를 붙이고, 양손으로 겨눴다.

한 손으로 쏴도 한 치의 오차도 없는 명중 정밀도를 가진 남자다. 겨냥이 빗나가지는 않을 것이다.

"죽어 줘."

부탁하는 듯한 음성이었다.

"지금 죽이지 않으면 너는 이 세상에서 죽어야 할 존재가 될 거야. 수백만의 백성을 죽이는 대죄인이 될 거야."

말뜻은 불명이지만, 설명받지는 못할 것이다.

흰거미가 방아쇠에 손가락을 걸었다.

"—처형을 집행하지."

클라우스는 뒤로 묶여 있는 양팔에 힘을 줬다.

역시 구속은 풀 수 없었다. 자물쇠 다섯 개로 단단히 고정되어 있었다. 관절을 탈구시키더라도 소용없다. 쉽게 해제할 수 있는 구속을 아멜리가 걸었을 리 없었다.

양팔을 쓸 수 없다면 당연히 무기도 제대로 다룰 수 없다.

클라우스가 유일하게 할 수 있는 일은 다친 다리로 움직이는 것. 하지만 도망칠 수 있을 리가 없다. 질주하는 기차에서 뛰어내리는 것은 불가능하다.

다시금 상황 확인을 끝내자 치솟는 것이 있었다.

웃음이었다.

"후후."

"엉?"

웃음이 터지고 말았다.

한번 표정이 무너지자 더는 멈출 수가 없었다. 옥죄던 게 사라진 것처럼 소리 내 웃으며 몸을 비틀었다.

"하하하하하하, 아하하하하하하하하하! 크흐, 아하하! 아하하하하, 아하하하하! 하하하하하하!! 아하하! 크큭, 하하! 아하하하! 하하하하하하!"

클라우스의 웃음소리가 차량을 가득 채웠다.

배 아프도록 웃는 것은 몇 년 만의 일이었다.

"뭐야……?"

꺼림칙하다는 듯 흰거미가 말했다.

"너, 그렇게 호쾌하게 웃는 캐릭터였던가……?"

확실히 평소의 클라우스라면 있을 수 없는 행동이다.

하지만 그 정도로 참을 수 없었다.

"흰거미, 이게 너의 책략인가? 너의 전력인가?"

"뭐……?"

"이 순간을 위해 얼마나 많은 세월을, 얼마나 많은 수고를 네가 바쳤을까 생각하니 조금…… 웃어 버렸어."

웃음과 동시에 허무함도 치밀었다.

이 순간을 위해 얼마나 많은 이가 동분서주했을까. 『봉황』과 아멜리처럼 목숨을 잃은 자도 많다. 일류 스파이들이 전국을 뛰어다니며 막대한 돈을 썼다.

그 끝에 도출된 것이— 이런 수준의 함정인가.

"그런데—."

클라우스는 한숨을 쉬듯 말했다.

"—이 놀이에 언제까지 장단을 맞춰 주면 되지?"

이해할 수 없다는 표정으로 흰거미가 눈을 크게 떴다.

◇◇◇

흰거미는 권총을 움켜쥔 채 움직이지 못했다.

클라우스에게서 느껴지는 여유는 허세처럼 보이지 않았다.

'어떻게 된 거야……? 녀석은 양팔을 못 써. 왼쪽 다리도 만족스럽게 못 움직이고…….'

아멜리에게는 완벽하게 양팔을 구속하라고 명령했다. 상처가 어떤 상황인지도 보고받았다. 그녀가 실수하지는 않았을 터다.

'아니아니, 역시 죽겠지…….'

불안을 지우듯 방아쇠에 힘을 줬다.

발사된 총알은 클라우스를 향해 노린 대로 날아갔다.

일격에 죽일 수 있으리라고는 생각하지 않았다. 하지만 계속 발포하면, 저항할 수도 없고 도주할 수도 없는 클라우스는 이윽고 힘이 다해 죽는다. 그럴 터다.

—총알은 클라우스의 몸을 지나쳤다.

관자놀이를 스치는 최소한의 움직임만으로 총알을 피하고서 클라우스는 흰거미에게 접근했다.

이어서 쏜 두 번째 총알도 몸을 틀어 피했다. 그리고 몸을 공중에 띄워서, 양팔을 구속당한 게 맞나 싶을 만큼 아름다운 날아차기를 먹였다.

"허—?"

발차기는 양팔로 막았지만 기세까지 죽이지는 못했다.

자세가 무너졌다. 뒤로 구르고 바로 일어나서 다시 권총을 들었다.

발차기 한 방에 차량 끝자락까지 몰려 있었다.

기관실로 가는 문은 기관실 쪽에서 잠겨 있었다. 도망칠 곳이 없었다.

"어이가 없는데."

클라우스는 왼쪽 다리에 부담이 가지 않도록 오른쪽 다리에 무게를 싣고 서 있었다.

"아군을 배신하게 만들어 내 왼쪽 다리에 부상을 입혔어. 양팔을 완전히 구속했어. 무기는 전부 뺏겼어. 그리고 절대 도망칠 수 없는 밀실에 가둬어. 그렇군, 과연."

이어진 말에 모골이 송연해졌다.

"—그래서? 고작 이 정도로 정말 나를 이길 수 있을 줄 알았나?"

충동적으로 총알을 쐈다.

'말도 안 되는 일이잖아. 이 녀석은 무슨 소릴 하는 거야—!!'

클라우스는 오른발만으로 도약하여 총알을 피했다.

그 틈에 흰거미는 클라우스를 지나쳐 다시 거리를 벌렸다. 차량 내를 크게 이동하며 정확한 사격으로 클라우스를 노렸다.

하지만 명중하지는 못했다.

클라우스는 오른발을 축 삼아 몸을 회전시켜 간발의 차이로 피했다.

'장난 아니잖아! 한쪽 다리만으로 어떻게 이렇게까지 움직일 수 있는데?'

차량이란 공간을 최대한으로 이용하고 있었다. 오른발로만 뛸 수 있게 바닥, 좌석, 벽을 차며 자잘하게 스텝을 밟았다. 언제든 피할 수 있다고 여유 부리듯이.

확신했다. —아멜리의 일 처리에는 전혀 실수가 없었다.

클라우스는 양팔도 왼쪽 다리도 만족스럽게 쓰지 못한다.

『화톳불』이라는 스파이는 오른발 하나만으로도 충분히 괴물인 것이다.

차량 끝에서 반대쪽 끝으로 달린 흰거미를 클라우스는 오른발만으로 바짝 뒤쫓았다.

"빌어먹을!!"

저도 모르게 고함쳤다.

총알을 피하는 스파이와 적대한 경험이 없지는 않았다. 상대의 정보를 업데이트하여 움직임을 예측하고 그곳에 총알을 쏘면 된다.

하지만 클라우스는 그런 수준의 적과는 비교가 안 됐다.

확실하게 맞혔다— 그렇게 환희한 순간, 모습이 사라졌다.

순간이동 같은 움직임. 몸의 위치가 오른쪽으로 어긋난 것 같은 착각.

이런 기술이 있다는 것 자체는 기드에게 들었다. 수십 번의 총격전에서 살아남아 불사신이라고 칭송받은 저격수—『포락』 게르데의 발놀림이었다.

'한쪽 다리만으로 그 기술을 쓸 수 있는 거냐고—!'

계산하지 못한 일이 거듭되면서 모든 움직임이 한발 늦어졌다.

접근한 클라우스가 발차기를 날리는 척 시각을 교란했다.

눈앞에서 몸을 숙인 클라우스가 이어서 가한 것은 박치기였다.

"……윽."

단단한 머리가 흰거미의 코뼈를 때려서 균형이 무너졌다.

클라우스는 태연하게 말했다.

"이 정도 함정이라면 내 부하가 자주 설치하고, 그때마다 반격해 주고 있어."

"——!"

믿고 싶지 않은 사실을 확신했다.

—클라우스는 한층 더 성장했다.

미타리오에서 보라개미를 해치워 흰거미가 『세계 최강의 스파이』라고 인정할 수밖에 없었던 그날보다도, 어떻게 생각해도 클라우스의 기술은 향상되었다.

흰거미도 격투 기술에 재능이 없지는 않았다. 남메뚜기와 기드에게 지도받아 범백의 스파이를 족히 넘어섰다는 자부도 있었다.

그러나 오른쪽 다리만 쓰는 클라우스를 전혀 당해 낼 수 없었다.

—지금 싸우고 있는 것은 정말로 인간인가?!

필사적으로 균형을 잡으며 궁색하게나마 주먹을 휘둘렀다.

하지만 어깨에 막혔고, 상대는 그 에너지를 이용하듯 오른발을 축으로 회전. 그대로 오른발만으로 도약했다.

공중에서 회전하며 가한 아크로바틱한 돌려차기는 흰거미의 턱을 분쇄했다.

"으악—!"

치아 몇 개가 바닥에 흩어졌다.

뇌가 흔들리는 느낌을 받으며 다운되어 기어가는 꼴로 거리를 벌렸다.

"너는 크게 간과했어."

클라우스는 조급해하지도 않고 태연하게 서 있었다.

"내가 가장 피하고 싶었던 전개는— 네가 나를 죽이러 오지 않는 거였어."

"……윽."

생각을 안 했던 건 아니다. 실제로 흑사마귀도 똑같은 말을 했다. 그래도 도망치지 않은 것은 물러날 수 없는 이유가 있었기 때문이지만, 클라우스가 흰거미의 사정을 알 리 없었다.

그런 그는 대체 무엇을 꾸민 걸까.

"그건 CIM한테도 좋지 않은 일이었어. 그래서 『저주술사』와 협력했어. 흰거미가 안심하고 날 죽이러 올 수 있게 손을 썼지."

클라우스는 말했다.

"—**너의 공작을 일절 막지 말자**고."

그렇게 된 거였나, 이해했다.

여기까지 순조롭게 일이 진행된 것에 아무런 의심도 안 들었던 것은 아니다.

전부 CIM의 최고 간부 중 한 명인 『저주술사』 네이선과 합의했던 건가.

클라우스는 도발적으로 고개를 꺾었다.

"자신의 실력만으로 나를 함정에 빠뜨린 줄 알았나?"

"—윽!!"

혀를 세게 깨물었다.

반론의 여지가 없는 것은 꼼짝도 못 하는 이 상황이 보여 주고 있었다.

"준비한 두 가지 책략 중 하나…… 『군더더기가 전혀 없고 실현하기도 쉬운 최고의 작전』— 설마 이걸로 정리될 줄은 몰랐어."

클라우스가 다시 움직이기 시작했다. 흰거미의 권총을 무서워하는 기색도 없이 거리를 좁혔다.

발사된 총알은 마치 그런 운명인 것처럼 클라우스의 몸을 피해 갔다.

이제는 알 수 있었다. 아까 클라우스가 웃었던 이유.

요컨대— 클라우스는 아무런 대책도 짜지 않은 것이다.

자신에게 암살자가 올 상황에서, 『등불』과 CIM이 동분서주하는 한편, 특별한 일은 아무것도 하지 않고 느긋하게 쉬고 있었을 뿐이다.

그거면 충분했다.

흰거미가 몸과 마음을 다해 준비를 거듭한 암살 계획을 깨부술 수 있었다.

웃음이 터질 만도 했다.

"얼른 뻗어 버려. 너의 시시한 오기에 어울려 줄 마음은 없어."

클라우스는 그렇게 내씹듯 말하고 흰거미의 배를 걷어찼다.

"진심으로 네가 역겹다고……!!"

한 방 한 방에 살의가 담겨 있었다.

'이 부조리함의 결정체는 뭐야……?'

원동력은 분노일까.

『화염』이 살해당하고, 『봉황』이 살해당하고, 『등불』의 많은 부하가 다쳤다. 오른발뿐이라고는 하지만, 총알 못지않은 과격한 공격에는 남다른 격정이 깃들어 있었다.

긴장을 늦추면 의식이 날아갈 것 같았다.

'웃기지 마. 내가 어떤 마음으로 이날을—.'

지근거리여도 상관하지 않고 권총을 계속 쐈다. 왼팔로 발차기를 막고, 오른손으로 방아쇠를 당겼다.

어쨌든 한 방이라도 맞히면 된다. 자포자기 심정으로 연사했다.

'은매미, 청파리, 보라개미의 원수는—.'

클라우스는 좌석의 등받이를 발판 삼아 도약하여 총알을 피했다.

공중에 있는 남자에게 추격타를 날리려다가— 실책을 깨달았다.

열네 발— 흰거미가 준비한 자동 권총의 총알을 다 쐈다.

재장전할 시간을 줄 리도 없었다.

"젠자아앙!"

총을 내던져 양손을 해방. 방어에 전념했다. 싸우는 방식을 바꿔서 요격했다.

클라우스는 플라잉 니킥을 날렸다.

그 니킥을 전력으로 막고, 동시에 품에서 어떤 물건을 꺼내 던졌다. 엄지만 한 작은 철통.

—소형 폭탄.

폭파하기까지 1초도 걸리지 않았다. 흰거미와 클라우스, 두 사람 사이에서 작렬했다.

클라우스는 날아가듯 후퇴. 바닥을 구르고 그 기세를 몰아 일어났다.

"자폭……?!"

"총알도 주먹도 안 통하잖아. 내 살을 깎을 수밖에……!"

처음으로 클라우스의 표정에서 괴로운 기색이 보였다.

폭탄의 파편이 박힌 듯했다. 가슴에서 피가 나고 있었다.

"뭐, 나도 꽤 대미지를 입지만 말이지."

흰거미도 주저앉아 있었다. 파편은 흰거미의 양팔에도 박혀 있었다.

최종 수단인 소형 폭탄이었다.

위력은 크지 않았다. 클라우스의 구속구를 부술 수도 있는 무기는 쓸 수 없었다.

하지만 이 소형 폭탄이라면 클라우스에게 공격을 맞힐 수 있다. 멀리서 던지면 피하겠지만, 코앞에서 쓰면 대미지를 줄 수 있다. 자신도 타격을 받겠지만.

그리고 흰거미는 양팔로 급소를 가드할 수 있으나 클라우스는 피할 수 없다.

"—먼저 뒈지는 건 너야."

상대의 마음을 꺾듯 소리 높여 고했다.

직접 부딪치고 절절히 실감했다.

이 남자를 풀어 두면—《효암 계획》은 틀림없이 실현된다.

몇백만 명이 살해당하고, 강자만의 세계가 찾아온다.

대체 누가 막을 수 있단 말인가? 『뱀』의 보스도, 남메뚜기도, 어떤 스파이도 클라우스를 막을 수 없다. 자신의 수명을 깎아 죽일 수 있다면 남는 장사다.

눈앞에서 클라우스는 눈을 부릅뜨고서 부들부들 떨고 있었다.

"너, 그 몸놀림……!"

"어이어이, 신경 쓰이는 건 그 부분이야?"

비책인 소형 폭탄보다도 놀라운 사실인 듯했다.

흰거미가 바꾼 근접 전투 스타일. 그건 어떤 인물에게 물려받은 것이었다.

“잊지 마. 기드 씨가 택한 건 『뱀』이야.”

그의 폭풍 같은 폭력은 몸소 체험했다.

자신의 비원을 이루기 위해 힘을 쏟은 그에게는 경외심밖에 안 들었다.

“기드 씨가 최후에 기술을 맡긴 제자는 나야. **—네가 아니라.**”

“……!”

클라우스의 눈이 크게 뜨이고 눈썹이 치켜 올라갔다. 새까만 눈으로 보았다.

분노의 감정이 한 단계 더 올라간 걸까.

“정말로.”

클라우스가 작게 으르렁거렸다.

“너는 한없이 날 화나게 하는 녀석이야……!!”

“영광이야, 사형.”

화가 나는 건 클라우스뿐만이 아니었다.

기드를 경애하면서도 그의 사상을 부정하고 『뱀』을 살육하는 남자는 불쾌하기만 할 뿐이었다. 왜 스승과 똑같은 길을 걷지 않는 걸까.

“덤벼. 나는 널 처죽이고 세계의 규칙을 뒤집겠어.”

흰거미는 고무하듯 목소리를 높이고서 처음으로 앞으로 나갔다.

“기드 씨의 유지를 잇는 자로서 말이야아아아—!!”

“네가 그 이름을 말하지 마.”

흰거미는 목숨을 버릴 각오로 자폭 공격을 노렸다.

클라우스는 맞서듯 도약하여 발차기를 날리려는 자세를 취했다. 확실하게 흰거미의 숨통을 끊을 일격을 가할 셈이었다.

결과적으로 이것이 두 사람의 최후의 충돌이 되었다.

온갖 책략을 부려서 확실하게 상대의 자유를 빼앗은 『흰거미』와 일부러 대책 없이 기다리고 사로잡힌 부자유를 신체 능력만으로 물리친 『화톳불』.

세계 최고봉의 스파이 간의 죽고 죽이는 싸움을 끝낸 것은—.

"—윽!!"

"—읏?!"

—클라우스도 아니고, 흰거미도 아니고, **제삼자였다.**

두 사람은 이해하는 데 많은 시간이 필요했다.

클라우스는 흰거미의 책략이라고 판단했고, 흰거미는 클라우스가 뭔가를 했다고 생각해 경계했다.

그들 같은 실력자도 예상치 못한 사태였다.

두 사람이 교차하기 직전에— 클라우스의 오른발이 꿰뚫렸다.

엉뚱한 방향에서 날아온 탄환이었다. 클라우스는 갑작스러운 강습에 굴복했고, 흰거미는 안전 확보에 전념하며 후퇴했다.

발포음은 차내에서 울렸다.

공교롭게도 두 사람은 동시에 총성이 난 방향을 보았다.

"아멜리……?"

믿을 수 없는 광경을 보고 클라우스의 입에서 말이 흘러나왔다.

피바다에 잠겨 엎어져 있는 아멜리가 권총을 쥐고 있었다.

육체는 움직이지 않았다. 그러나 총구만큼은 확실하게 클라우스를 겨누고 있었다.

◇◇◇

아멜리는 이미 시각도 청각도 잃어버린 상태였다.

고요한 어둠 속에서 느끼는 것은 바닥을 통해 전해지는 미세한 진동이었다. 조금 전까지 계속 움직이던 자가 멈췄다.

'……저한테도 오기는 있어요.'

생명이 꺼지는 느낌을 받으며 자랑스레 웃었다. 이제 표정근을 움직일 수도 없지만.

총은 한쪽 다리로 움직이는 사람— 클라우스를 향해 쐈다.

그자가 움직이는 기색은 없었다. 무사히 명중한 듯했다.

자신의 결단을 후회하지는 않았다. 조직을 배신한 인간을 흰거미가 정중하게 대할 거라는 보장은 없었다. 그가 자신을 쏴 죽일 것도 예상했던 일이다.

그래도 마지막까지 의지는 굳건했다. —아름다운 조국을 지켜 내는 것.

그걸 위해서라면 『뱀』과 손을 잡는 것도 마다하지 않는다.

'이 죽음은 업보겠죠. 지금까지 저는 많은 이를 죽였어요.'

물론 자신의 목숨 하나로 속죄할 수는 없다. 자기만족이었다. 하지만, 그거면 됐다.

『세계 최강의 스파이』에게 한 방 먹일 수 있었다. —인생의 최후를 장식하기에는 썩 괜찮은 일이었다.

'화톳불, 조금은 당신의 평가를 뒤집었을까요?'

물론 그것조차도 어찌 되든 좋았다. 타인의 평가 따위 상관없다.

지금 자신은 누군가의 꼭두각시가 아니라 자신의 의지로 죽는다.

◇◇◇

클라우스는 일어날 수 없었다.

총알은 오른쪽 종아리를 관통했다. 발을 움직이기 위한 힘줄이 손상되었다. 힘을 줄 수도 없었다.

바닥에 양쪽 무릎을 꿇은 자세로 아멜리에게 경악한 시선을 보냈다.

'……아직 움직일 수 있었나……?'

전혀 의식하지 못한 곳에서 날아온 공격이었다.

'설마 나나 흰거미가 눈치채지 못할 만큼 완벽하게 죽은 척을……?'

아니, 있을 수 없는 일이라고 즉각 생각을 부정했다.

확실하게 죽었었다. 지척에서 머리를 사격당하고 살 수 있을 리가 없다.

되살아난 것이다.

뇌가 정지해도 심장은 한동안 계속 움직인다. 전기 자극을 주면 근육은 움직인다. 총에 맞은 쇼크로 정지했던 뇌가 우연히 재기동하면 한순간이지만 망자는 되살아난다.

아멜리에게 찾아온 것은 그런 괴담 같은 현상이었다.

—그녀의 스파이로서의 긍지가 일으킨 기적.

아멜리는 이미 숨졌다.

하지만 그녀의 그 작은 행동이 전황을 크게 바꾸었다.

"아하하, 아하하, 아아하, 아하하하하하하하하."

흰거미가 큰 목소리로 웃음을 터뜨렸다.

"넌 굉장한 스파이야! 아멜리! 진짜로 존경해!!"

원망하고 싶기는 하지만, 인정하지 않을 수 없었다.

클라우스도 흰거미도 완전히 그녀를 얕보고 있었다.

—『조종자』 아멜리.

—펜드 연방을 지키기 위해 세계 각국의 스파이를 파멸로 이끌었던 희대의 방첩 공작원.

그녀가 가한 최후의 일격은 클라우스에게 너무나도 큰 타격을 줬다.

"아~ 나도 악운만큼은 강하단 말이지. 유일한 자랑거리야."

흰거미가 즐거워하며 얼굴을 쳤다.

그 손가락 틈으로 탁한 눈이 보였다.

"그 꼴로는 역시 못 싸우겠지."

"……윽."

그렇지 않다고 허세를 부릴 수 있었다면 얼마나 좋았을까.

오른발이 움직이지 않는 이상, 상처가 다 낫지 않은 왼발만으로 도망칠 수밖에 없다. 하지만 일어서는 게 고작이었다. 한 번이라도 도약하면 착지할 수 없다.

『죽음』을 떠올렸다.

흰거미는 여유를 음미하듯 권총을 주워 예비 탄창으로 총알을 장전했다. 총의 형태를 보면 도합 열네 발임을 알 수 있었다. 그걸 전부 피할 수 있을 리도 없다.

"축포를 쏘자."

흰거미는 총알을 확인하듯 천장을 향해 한 발 쐈다.

"—세계의 섭리가 무너지는 순간이야."

상황이 우세하다고 여기자마자 바로 우쭐해지는 것이 실로 조무래기다웠다.

하지만 그런 남자가 『세계 최강』을 자부하는 클라우스를 궁지로 몰았다.

상궤를 벗어난 강한 집착.

그때, 차량 뒤쪽에서 소리가 났다. 뭔가가 내려선 소리였다.

흰거미는 눈치채지 못한 것 같았다. 자신이 낸 총성 때문에 듣지 못한 듯했다.

"무너지지 않아."

클라우스는 무릎 꿇은 자세로 말했다.

"너는 스승님에게 아무것도 못 배웠군. 너는 섭리를 무너뜨릴 수 없어."

흰거미는 히죽거리던 입을 다물었다.

"……하고 싶은 말이 뭐야? 유언인가?"

"규칙을 비틀 수 있는 건 강자뿐이야. 약자의 말에는 아무도 귀를 기울이지 않아."

"그래서 나는 그걸 뒤집으려고—."

"너한테는 무리야. —각오가 부족해."

흰거미가 살짝 입술을 깨물었다.

누군가에게 똑같은 말을 들은 적이 있는 듯한 반응이었다.

그 누군가가 누구일지는 자연스럽게 짐작이 갔다.

"그런가. 스승님한테도 똑같은 말을 들었나."

"—윽."

흰거미의 일그러진 표정을 보고 자신의 추측이 맞았음을 확신했다.

가슴에 따뜻한 것이 북받쳤다. 설령 배신했어도 기드는 변함없었다.

"너는 오해하고 있어."

클라우스는 온화한 기분으로 말했다.

“스승님이 말한 건, 실패를 반복하여 자신의 약함을 받아들이고 목적을 위해 모든 것을 희생하라는— 그런 수준 낮은 각오가 아니야.”

자학하듯 웃었다.

“내가 한 번도 실패하거나 패배한 적이 없을 것 같아?”

『세계 최강』이라고 거창하게 말하게 된 것은 최근 1년 사이의 일이다.

원래 그런 인간이 아니었다. 결국 기드에게는 정면 승부로 이긴 적이 없다. 보스에게 혼나는 일도 많았고, 게르데의 수행에 우는소리를 한 적도 있다. 『화염』의 멤버는 모두 클라우스가 당해 내지 못할 무기를 가지고 있었다.

“얻는 것보다 잃는 게 더 많은 인생이었어. 그래도 걸음은 멈추지 않아. 패배해도, 좌절해도, 자신의 가능성을 포기하지 않아.”

확실하게 말했다.

“세계를 바꿀 권리를 가진 건— 자신을 강자라고 여길 각오가 있는 자뿐이야.”

클라우스의 바로 옆, 객차의 뒤쪽 문이 열렸다.

돌아볼 필요도 없었다. 그녀는 다다른 것이다.

두 번째 책략— 『위험하고 비용이 들며 실현하기 어려운 최악의 작전』.

클라우스와 『저주술사』는 흰거미를 막기 위한 대책을 전혀 세우지 않았다. 흰거미는 책략을 완수하고, CIM이 배신자에 의해 혼란에 빠질 것은 명백했다.

하지만 그래도 소녀들이라면 돌파하여 달려와 주리라고 믿었다.
그녀들은 클라우스의 교관의 가치를 증명하는 극상의 학생이니까.

"—구하러 왔습다, 보스."

『초원』 사라가 용감하게 가슴을 펴고서 증기 기관차로 달려왔다.

◇◇◇

—시간은 약간 거슬러 올라간다.
클라우스의 실종이 발각된 직후, CIM도 흰거미를 암살하기 위해 움직이기 시작했다.
아멜리가 철도 공장에 잠들어 있는 구형 기관차를 이용할 것을 예상하고 곧장 퀸 클레트역에 정예를 보냈다. 고요한 역에 뛰어 들어가 신형 기관차를 구동시켰다.
『저주술사』 네이선의 지휘로 흰거미가 타고 있는 기관차는 바로 특정되었다.
"증기 기관차는 승무원의 기량에 따라 성능이 크게 달라지지. 급하게 데려온 부기관사로는 최고 속도를 끌어내기 어려워."
네이선은 차분하게 분석했다.
"아직 멀리 가진 못했어. 우리나라의 최신 증기 기관차라면 따라잡지 못할 리가 없어."

출발 시간에 늦지 않은 것은 CIM의 정예 약 스무 명.

그리고 그 기관차의 지붕에는 아직 전신의 붕대를 풀지 못하는 소녀가 우뚝 서 있었다.

“흥, 만일을 위해 대기한 것이 이렇게 도움이 되는구려.”

연지색 머리를 묶었고 이목구비가 뚜렷한 소녀.

『뜬구름』 란— 『등불』의 멤버와 마찬가지로 CIM의 감시하에 놓여 있던 소녀였다. 아직 완쾌와는 거리가 먼 상태였지만 CIM에 사정사정해서 따라왔다.

손에는 무기 등이 든 가방을 들고 있었다.

“코드 네임 『뜬구름』…… 아니, 지금은 구태여 이렇게 선언하는 게 좋겠지.”

움직이기 시작한 기관차의 지붕에서 그녀는 자랑스레 목청을 돋웠다.

“코드 네임 『형안』— 하늘을 날 시간이오.”

하지만 그 기관차에 숨어 있는 것은 『등불』의 동료만이 아니었다.

겹겹이 함정을 깐 모략전— 쌍방의 마지막 카드가 발동되려고 했다.

5장 불새

사라가 클라우스 곁으로 달려가기 20분 전—.

동료에게 클라우스 구조를 맡기고 힘이 다하기 직전인 지비아 앞에 한 스파이가 나타났다. 잘그락거리는 장식품을 온몸에 달고, 고관절까지 머리를 기른 남자였다.

"……그랬군. 설마 아멜리가 내통자였을 줄이야."

"네이선 님?!"

옆에 있던 메레디스가 경악했다.

그 반응을 보고 지비아는 이자가 CIM의 최고 간부 중 한 명임을 알아차렸다.

그는 지비아를 보더니 「우아해」 하고 찬사를 보냈다.

"과연. 양 진영을 함정에 빠뜨려서 공멸시켰나. 아멜리라면 그것도 가능하겠지……. 하지만 자네가 오해를 풀고 화해시킨 모양이야."

"어, 응."

"『백귀』라고 했나. 클라우스는 좋은 제자를 키우고 있어."

그는 팔찌를 잘그락거리며 머리를 쓸어 올렸다.

"우리도 최대한으로 지원하지. 다린 전하를 죽인 『뱀』을 놓칠 수는 없어."

그리고 메레디스의 무전기를 빌려 각지의 동포에게 연락을 보냈다.

사라와 릴리는 클라우스를 탈환하기 위해 바이그로 휴로의 간선 도로를 달리고 있었다.

"릴리 선배, 바이크 운전할 줄 아나요?!"

"말 걸지 말아 주세요! 감으로 움직이고 있어요!"

"감?!"

민가에 놓여 있던 대형 바이크를 훔치고 배선을 만져서 강제로 엔진을 구동시킨 것이었다. 릴리가 핸들을 잡고, 그 등에 사라가 달라붙어 있었다.

클라우스가 감금된 건물에 도착한 순간, 수상한 자동차가 건물을 빠져나갔다. 뒷좌석에 클라우스인 것 같은 사람이 보였고, 또 감시원인 『배리어스』가 혼란에 빠졌음을 깨달은 두 사람은 차를 쫓기로 했다.

하지만 밤안개 때문에 차를 놓쳐서 어림짐작으로 거리를 달리고 있었다.

《릴리, 아멜리가 어디 있는지 알았어!》

이윽고 무전기에서 지비아의 목소리가 들렸다.

《CIM이 알아내 줬어. 아멜리는 철도를 이용할지도 몰라! 사전에 철도 공장 사람과 접촉했다는 걸 알아냈어.》

"철도요?! 기차를 타면 바이크로는 쫓을 수 없어요!"

《너희는 지금 어디 있어?》

사라가 눈에 보인 교통 표지판의 지명을 읽었다.

몇 초 후, 답이 돌아왔다. 지비아가 주위에 있는 CIM 공작원과 상담한 것 같았다.

《……시간이 안 되나.》

괴롭게 전했다.

현재 CIM도 움직이고 있는 모양이었다. 그들도 공장에 직접 가기에는 늦었다고 판단하여 역 주변에 있는 스파이들이 철도를 이용하기로 했다.

하지만 클라우스를 구출하기에는 시간이 너무 많이 걸린다. 그 사이에 살해당해도 이상하지 않았다.

―전부 『조종자』 아멜리가 완벽하게 계산한 판세였다.

사라가 회한에 잠겼을 때, 릴리가 말했다.

"앞지를 루트는요?"

《어……?》

"모 아니면 도예요. 셀틴 대교에서 기관차로 뛸 수 없나요?!"

사라가 「네?!」 하고 외쳤다.

릴리는 제동을 걸어 바이크의 진행 방향을 바꿨다.

《……큭, 알았어! 루트를 조사해 달라고 할게.》

지비아의 목소리에 이어 CIM의 스파이들이 《……네 동료는 제정신인가?》 《아하하! 우리도 그런 발상은 안 해요》 하고 어이없어하는 목소리가 들렸다.

상관하지 않고 루트를 들은 뒤, 일직선으로 달렸다.

이윽고 다리 앞에 도착했다.

셀틴 대교는 휴로 근교의 강에 걸린 장대한 다리였다. 100년도

전에 만들어져서 몇 번인가 개축되었다. 2층 구조로, 상단에는 차도가 있고 하단에는 철도가 있었다.

다리의 길이는 120미터.

그 앞에 도착하여 릴리는 바이크를 세웠다. 아직 기관차는 보이지 않았다. 아무래도 앞지른 것 같았다.

하지만 여기서 어떻게 질주하는 기관차로 이동하느냐가 문제였다.

“치이기만 할 것 같은데요?!”

사라가 의문을 제시했다. 기관차의 속도는 100킬로를 넘을 터다.

“저희도 한계까지 가속해서 건너가는 거예요!”

릴리가 외쳤다.

“그레테가 생각해 준 비상수단 중 하나예요.”

“네?”

“클라우스 선생님을 지키기 위해 수백 가지 패턴을 생각해 줬어요. 진짜 일편단심이라니까요.”

다리는 위쪽에 있는 차도와 바로 아래에 있는 철도가 겹쳐 있지만, 강을 다 건너면 차도는 계속 직진하고 철도는 오른쪽으로 꺾였다. 다리가 끝나기 직전에 기차는 속도를 늦추니 이론상으로는 건너갈 수 있다. 그게 그레테의 예상이었다.

병실에서 그녀도 싸우고 있었다. CIM 스파이의 말문조차 막히게 할 책략을 짜면서.

“그레테의 마음을 헛되이 하진 않겠어요. 이번에는 저희가 도울 차례예요.”

릴리가 스로틀을 움켜쥐었다.

"『등불』의 리더로서 저는 물러나지 않아요."

"……!"

담대한 목소리에 격려받아 사라도 자연스럽게 대담해졌다.

이대로 있으면 클라우스가 죽는다. 흰거미를 놓치면 모니카도 구할 수 없다.

마침 그때, 다리를 흔들 듯한 둔탁한 소리가 들렸다.

밤안개를 가르는 강한 주황빛이 보였다. 증기 기관차가 왔다. 1분 뒤에는 릴리와 사라가 있는 셀틴 대교의 하단으로 들어올 것이다.

"기차가 왔습다!"

"갈게요!!"

릴리가 엔진을 부릉거렸을 때, 사라는 깨달았다.

'아차, 건너갈 차량이 안 보이게 됨다……!'

기관차가 다리 밑으로 들어가면 위쪽 차도에 있는 소녀들은 기차를 볼 수 없다. 다리를 빠져나온 직후의 기관차로 건너가는 것은 거의 불가능하다.

당연하다면 당연한 이야기지만, 준비가 부족하다는 것은 부정할 수 없었다.

그러나 기관차는 기다려 주지 않는다.

앞으로 십여 초 뒤에는 기관차가 보이지 않게 된다.

"걱정할 필요 없어요."

릴리가 다정하게 미소 지었다.

"알잖아요. 저희 곁에는 『봉황』이 있어요."

사라의 마음이 가벼워졌다. 모자를 벗고 눈을 질끈 감고서 기도했다.

떠올렸다. —자신들 곁에 있는 『봉황』의 존재를.

◆◆◆ ◆◆◆ ◆◆◆

『봉황』의 보스—『비금』 빈드는 셀틴 대교의 아치 위에 서 있었다.

갈색 머리 남자는 날카로운 눈초리로 바이크 한 대를 내려다보고 있었다. 별 대책도 없이 기관차로 건너가려고 하는 사라와 릴리를 내려다보고서 어이없다는 어조로 「진짜 막무가내라니까, 『등불』의 여자들은」 하고 내뱉듯 말했다.

소녀들에게 있어서 그는 하나의 목표였다.

양성 학교를 졸업한 후, 눈 깜짝할 사이에 스파이팀의 보스까지 오른 남자. 언젠가 클라우스를 뛰어넘고자 하는 치열한 투쟁심은 존경할 수밖에 없었다.

"이게 너희한테 해 줄 수 있는 최후의 서포트야."

쓸쓸하게 말했다.

그리고 아치 위에서 뛰었다. 타고난 도약력과 균형 감각으로 빠르게 다리로 내려오더니 다리를 세게 박차 공중으로 몸을 날렸다.

"내가 지침이 되어 주지. 망설이지 말고 나아가."

힘 있게 단언했다.

“『등불』과 『봉황』의 합동 임무를 완수해.”

◆◆◆ ◆◆◆ ◆◆◆

릴리가 스로틀을 돌려 완전히 열었다.

하마터면 앞바퀴가 들릴 뻔했지만, 어떻게든 급가속한 바이크는 다리를 일직선으로 달렸다. 속도는 오르고 있었다. 이 속도라면 기관차로 건너가더라도 속도 차이 때문에 튕겨 날아가지는 않을 터다.

하지만 가장 중요한 기관차는 다리 밑으로 들어가서 볼 수 없었다.

점점 다리의 끝이 다가왔다.

“역시 보여요……!”

그때 릴리가 말했다.

사라도 고개를 들고 그 존재를 인식했다. 마치 앞길을 보여 주듯 밤하늘에 어렴풋이 떠 있는 것이 있었다.

“……공중에, 길이 보여요!”

조금이라도 주저한다면 대참사가 일어난다.

하지만 중요한 순간에 발휘하는 배짱이야말로 릴리의 진수—!

릴리는 전혀 제동을 걸지 않았다.

맹렬한 속도로 폭주하는 바이크는 차도 옆 보도로 올라갔다. 단차의 기세가 작용하여 차체는 위로 크게 튀어 올랐다. 난간을 넘어 밤하늘로 다이빙했다.

“아아아아아아아아아아아아아아아아아아아아아아!”

공중으로 세차게 내던져진 사라와 릴리는 바로 아래에 있는 기관차를 발견했다. 어둠 속을 달리는 거구를 보니 근원적인 공포심이 들었다.

다행히 속도 차이는 크지 않았다. 타이밍도 완벽했다.

다음 문제는 착지였다. 실패하면 죽음을 면할 수 없다.

하지만 기관차의 굴뚝에서 뿜어져 나오는 뜨거운 증기 때문에 사라는 균형을 잃었다. 몸이 앞으로 회전하고 말았다. 사고를 각오한 순간, 릴리가 사라의 팔을 당겼다.

그대로 릴리는 기관차의 지붕에 왼쪽 어깨로 떨어졌다.

"—윽?!"

릴리의 입에서 신음이 흘러나왔다.

착지에는 성공했지만 어깨를 크게 부딪친 듯했다. 입술을 깨물고서 왼쪽 어깨를 잡고 웅크리고 있었다.

"릴리 선배?! 저를 감싸느라—."

"가세요!!"

릴리가 크게 외쳤다. 강한 어조로 질타했다.

"멈추지 말아요! 겁먹지 말고 가요!"

고개를 끄덕일 시간도 아끼며 사라는 움직이기 시작했다.

릴리에게서 권총을 받아 기관차의 지붕을 달렸다. 모자를 고쳐 썼다.

릴리는 한동안 움직일 수 없다. 설령 움직일 수 있더라도 왼쪽 어깨를 못 쓰고 무기도 없는 그녀가 임무에 참여할 수 있을 것 같지는 않았다.

—지금 클라우스를 구해 낼 수 있는 사람은 사라밖에 없었다.

연결 부분으로 내려가 객차의 문을 열어젖혔다.

◇◇◇

『등불』과 『뱀』— 각자의 책략을 내놓은 모략전은 최종 국면을 맞이했다.

객차에 뛰어 들어온 사라는 우선 상황을 확인했다.

바닥에 나뒹굴고 있는 시체가 먼저 눈에 들어왔다.

'아멜리 씨…….'

사라와 직접 교류가 있었던 것은 아니지만, 『등불』과 깊이 엮였던 스파이다. CIM을 배신한 요인은 불명이나 부득이한 사정이 있었으리라.

클라우스는 아직 살아 있는 것 같았다.

그는 마침 사라가 들어온 뒤쪽 문 앞에서 무릎을 꿇고 있었다.

"보스……."

"—극상이야."

클라우스는 고개를 끄덕였다.

"잘 왔어. 덕분에 살았어."

오른발에서 피가 심하게 났다. 새로 생긴 상처였다. 총에 맞은 듯했다. 양손은 쓸 수 없고, 양발은 부상. 절체절명의 위기인 것 같지만, 아무래도 늦지 않은 모양이었다.

하지만 클라우스가 싸워 주기를 기대할 수는 없을 것이다.

그의 구속된 양팔을 풀 수단도 없었다. CIM이 발명한 특별한 구속구다. 시간을 들여서 공구를 사용한다면 얘기가 또 다르겠지만, 지금은 시간도 공구도 없었다.

사라는 클라우스를 감싸듯 전진하여 눈앞에 있는 남자를 보았다.

"너 혼자야?"

남자가 냉담한 목소리로 말했다.

직접 보는 것은 처음이나 이름은 물어볼 필요도 없었다.

『봉황』을 괴멸시키고, 다린 황태자를 사살하고, 모니카를 모함하고, 펜드 연방과 딘 공화국을 큰 혼란에 빠뜨린 모든 일의 흑막—흰거미.

양팔에서 피가 났고, 얼굴에는 맞은 듯한 멍이 있었다. 하지만 태연하게 서서 여유로운 표정을 짓고 있었다. 아직 충분히 싸울 수 있는 상태로 보였다.

그는 권총을 들고 불쾌한 듯 눈을 찡그렸다.

"—아니, 질주하는 기관차로 뛰고 멀쩡할 리가 없지. 둘이서 뛰고, 한 명이 다른 한 명을 감싸서 행동 불능 상태가 됐으려나? 전력을 아낄 상황도 아니잖아."

상황을 신속하게 분석하고 비웃듯 어깨를 으쓱였다.

"그래서, 너 혼자 뭐 하러 왔어?"

"당신을 쓰러뜨릴 겁니다."

확실하게 전할 수 있었다.

평소처럼 약한 소리를 하며 겁내지 않는다. 그런 단계는 진즉에 지났다.

'맞습다, 모두의 힘으로 여기까지 올 수 있었어요.'

사라 혼자서는 흰거미에게 도전할 수도 없었다.

그레테, 지비아, 릴리, 그녀들의 헌신이 이어져 겨우 대치할 수 있었다.

바라는 것은 단 하나.

—흰거미를 붙잡아서 모니카의 행방을 알아내고 『등불』 전원이 자국으로 귀환한다.

아무리 강한 적수여도 넘어서야만 했다.

사라는 양손으로 권총을 들고 흰거미를 조준했다.

"……결국 입수할 수 있었던 무기는 권총 하나인가."

흰거미는 임전 태세를 갖춘 사라를 보고 입매를 비틀었다.

"정말로 아멜리는 멋지게 일해 줬다니까!"

그가 움직인 순간, 방아쇠를 당겼다.

총알은 그를 향해 일직선으로 날아갔으나— 도중에 뭔가에 막혔다.

"—?!"

어느새 흰거미는 왼손에 단검을 들고 있었다. 도신으로 튕긴 걸까.

흰거미는 아연해하는 사라에게 재빨리 다가와 앞차기를 날렸다. 복부에 정통으로 맞고 객차 후방의 벽에 몸이 처박혔다.

"사라!!"

클라우스가 외쳤다.

즉각 일어나려고 했지만, 현기증이 엄습하여 균형이 무너졌다. 공격은 명치를 때렸다. 평형 감각을 잃어서 다리가 꼬여 주저앉았다.

단 한 방에 기절 직전까지 몰렸다.

'몸이…… 아파……!! 토할 것 같아……!'

바닥을 짚고 엎어지지 않도록 힘껏 버텼다.

—당연하다는 듯 총알을 튕겼다.

총이라는 절대적인 무기조차 아랑곳하지 않았다. 사라가 알기로 기드, 클라우스, 모니카만이 가지고 있는 고등 기술이었다.

—자신과는 격이 다른 스파이들의 싸움.

뻔히 알고 있었던 실력 차이가 순식간에 증명되었다.

권총은 지금 사라가 가진 유일한 공격 수단이었다. 다른 무기는 아멜리에게 몰수당했다. 있는 것이라고는 고작해야 도자기로 만든 장난감 같은 단검.

'하지만 제가 여기서 보스를 지켜야 해요!'

조준하지도 못하고 견제하기 위해 발포했다.

총알은 엉뚱한 방향으로 날아갔다. 쓸데없이 탄환을 낭비하기만 했다.

"괴롭히는 취미는 없어."

흰거미는 거리를 두듯 후퇴했다.

"빨리 기차에서 뛰어내려. 나는 이 괴물을 죽일 수 있다면 그걸로 좋아."

물론 물러날 리가 없었다.

어떻게든 일어나서 다시 클라우스를 감싸는 위치로 나아갔다. 거친 호흡을 반복하여 산소를 몸에 순환시켰다.

"그렇게는 못 함다……!"

"아, 그래? 그럼 죽일게. 나는 어느 쪽이든 좋거든."

흰거미가 권총을 들었다.

마치 장애물을 치우듯 거리낌 없는 것은 방심해서가 아닐 것이다. 사라의 실력을 올바르게 이해하고 내린 냉정한 판단이었다.

"……윽."

사라는 총알을 튕기지도 못하고 피할 수도 없다. 총격전이 벌어지면 반드시 패배한다.

조금이라도 승기를 찾아내야 했다.

"제게는—."

최대한 허세를 부려 흰거미를 동요시키고자 했다.

"저희 곁에는 『봉황』이 있어요."

"엉?"

"당신을 쓰러뜨리는 것 정도는 간단함다! 몰랐나요? CIM에도 소문이 돌았을 텐데요."

몰아붙이듯이 계속 말했다.

"『봉황』은 살아 있었어요. 쿠노 선배가 아네트 선배의 병실에 쇳조각을 놓고 갔어요. 그 밖에도 많은 공작을 해 줬어요. 아까는 지비아 선배도 도움을 받았다고 해요. 팔마 선배가 적의 거짓말을 간파했고, 빅스 선배가 빌딩의 천장을 파괴했어요."

의기양양하게 웃었다.

"지금도 저희를 도와주고 있어요. 궁지에 몰린 건 당신입다. 저희가 기관차로 뛸 수 있었던 것도 빈드 선배가 인도해서—"

말이 끊기고 말았다.

상대의 반응을 엿보듯 고개를 들었을 때, 흰거미의 표정을 알아차렸기 때문이다.

무심코 숨을 삼켰다.

—몹시 맥 빠진, 권태로운 흰거미의 얼굴.

스파이가 임무 중에 보일 표정은 아니었다.

딱하다는 듯, 가엾다는 듯, 불쌍한 것을 보는 반응이었다.

흰거미는 곤란한 모습으로 머리를 긁적였다. 권총을 내리고서 「아~」 하고 의욕 없는 목소리를 냈다.

"뭔가 맥이 풀려 버렸어."

"어……?"

"이게 작전이야? 남자끼리 주먹질하는 복싱 링에 갓난아기가 올라온 느낌? 찬물을 확 끼얹었어. 대홍수야."

"……하고 싶은 말이 뭐죠?"

"그런 거짓말, 허풍조차 못 돼."

불쾌함을 숨기지도 않고 강한 노기를 드러냈다.

"아, 아니, 실제로—."

사라가 말을 꺼내려고 했다.

"—동물 짓이지? 네가 동물을 다룰 줄 안다는 건 한참 전부터 알고 있었어."

흰거미는 머리에서 손을 떼고 스트레칭을 하듯 손가락을 뚜둑거렸다.

"네가 매, 비둘기, 개, 쥐를 쓴다는 건 『등불』을 관찰하던 시기에 알아차렸어. 그리고 아멜리한테도 보고받았지. 『망아』의 병실에는 매의 깃털이 떨어져 있었어. 네가 매에게 명령해서 갖다준 거지? 이게 『개풍』 크노의 정체."

"……윽."

"거짓말을 간파한 건 개인가? 아는 스파이 중에 그런 기능을 개에게 가르치는 사람이 있어. 이게 『우금』 팔마의 정체. 빌딩을 파괴한 건 쥐인가? 쥐가 가스관이나 전선을 물어뜯어서 대형 사고가 일어난 사례는 있어. 이게 『상파』 빅스의 정체."

흰거미는 여유를 부리듯 자신의 손가락을 바라보았다.

"그리고 기관차로 뛸 때 안표가 된 건—."

직후, 날렵하게 오른손을 휘둘렀다.

권총이 발사됐다. 허를 찔린 사라는 전혀 반응하지 못했다.

사라의 모자가 꿰뚫렸다.

회색 깃털이 시야에 흩날렸다. 모자 속에 숨어 있었던 통통한 비둘기가 바닥에 툭 떨어졌다.

"에이든 씨?!"

"—비둘기를 먼저 날려서 안표로 삼은 건가? 이게 『비금』 빈드의 정체."

다행히 총알은 비둘기의 날개를 스치는 데 그친 것 같았다. 하지만 비둘기는 이제 움직이지 못할 듯했다. 사라가 양동 작전에 쓰려고 했던 비상수단이었다.

흰거미는 관심 없다는 듯 계속 말했다.

"즉. 요 며칠 너희가 멋대로 떠든 『봉황』의 진실은—."

살짝 간격을 두고 고했다.

"—전부 **망상이야.** 『봉황』은 살아 있지 않아."

"—윽!"

사라가 입술을 세게 깨물었다. 진실을 맞혔다.

애초에 그녀가 이 책략을 생각해 낸 것은 아네트의 발언 때문이었다.

—『개풍』 크노가 도와줬다.

이건 정말로 아네트의 헛소리였다. 아파서 허우적거리다 꿈이라도 꾼 걸까.

실제로는 사라가 아네트를 걱정해서 보낸 애완 매였다. 환기를 위해 열려 있던 창문으로 미네 몰래 매를 보내 쇳조각을 전달했다.

그리고 번뜩 떠올렸다. ―사라의 애완동물을 『봉황』이라고 주장하는 기책.

아주 조금이라도 CIM을 동요시켜서 흰거미를 곤혹스럽게 하고 싶었지만, 전혀 통하지 않은 듯했다.

"우리는 『봉황』을 죽인 현장에 있었어. 거짓말이 너무 수준 낮아서 맥이 빠지네."

흰거미는 내뱉듯 말했다.

속임수 싸움으로도 승리를 쟁취할 수 없었다. 사라의 화술로는 맞설 수 없다.

'하지만, 아직―.'

사라는 매달리듯 발에 힘을 줬다.

'우리에게는, 아직―.'

"아직 『형안』이라는 책략이 있다― 그런 얼굴이네."

마음을 읽은 것처럼 흰거미가 말했다.

숨을 멈췄다.

―『형안』은 틀림없이 사라에게 남은 유일한 승기였다.

만약 흰거미가 대처한다면 승리할 가능성은 완전히 사라져 버린다.

"모니카란 녀석이 너희에게 맡긴 의문의 스파이…… 뭐, 꽤 고민했어. 아무튼 내가 가진 데이터에도 없는 존재니까."

그는 콧방귀를 뀌었다.

"하지만 너희가 힌트를 줬어."

"어……?"

"너희는 『봉황』이랑 무척 사이가 좋았잖아. 굳이 송장을 되살릴 만큼."

체온이 내려가는 느낌이 들었다.

흰거미의 입매가 수상쩍게 비틀렸다.

"내가 알고 있던 건 『등불』과 『봉황』이 임무 중에 한 번 접점이 있었다는 것뿐이야. 하지만 그 이상으로 친밀한 관계였다면 얘기가 달라지지."

반응을 확인하는 듯한 시선을 보냈다.

"『봉황』의 유일한 생존자—『뜬구름』 란이 코드 네임 『형안』의 정체야."

"……!!"

몸이 떨렸다. 충격이 정수리를 흔들어 심장이 멎는 줄 알았다.

흰거미가 비웃듯 고개를 끄덕였다.

"뭐, 틀렸어도 상관없어. 극단적으로 말해서 『형안』이 누구든 좋아. 그걸 위해 이 기관차를 따라잡을 수단을 **일부러 하나 남겨 뒀으니까.**"

"일부러—?"

"앞으로 3분 뒤면 CIM 녀석들이 탄 기차가 따라잡으려나."

그 말대로였다. CIM도 아무런 대처를 안 한 것은 아니었다. 아멜리의 배신을 알아차린 그들은 역으로 달려갔고, 곧장 최신형 기관차를 타서 이리로 오고 있었다.

『형안』은 그 기관차에 있을 터였다.

하지만 그것까지 흰거미가 계산한 것이었나.

"—몰살이야."

흰거미는 천박하게 웃었다.

◇◇◇

CIM의 정예들이 모인 기차의 객차에서 란은 정신 통일에 힘쓰고 있었다.

심호흡을 반복하여 의식을 가다듬었다. 상처는 완쾌됐다고 하기 어렵지만, 중요한 역할을 맡고 있었다. 자신이 앞으로 벌일 행동이 『등불』을 구할 열쇠가 된다.

물론 긴장한 것은 CIM의 스파이들도 마찬가지였다.

그들의 머릿속에는 공포를 새긴 『소진』의 존재가 있었다. 지금부터 붙잡을 것은 그 동료인 『뱀』의 일원이라고 했다. 두려움과 사명감이 동시에 밀려들었다.

그렇게 긴장에 휩싸인 객차에 변화가 생겨났다.

마침 셀턴 대교를 넘었을 때였다.

"저 후드 쓴 사람은 뭐야……?"

한 남성 공작원이 말했다.

두꺼운 후드를 머리에 쓴 꺼림칙한 장신의 남자가 옆 객차에서 걸어오는 것이 보였다. 당당한 발걸음으로 다가왔다. 후드 안쪽에서 금속이 스치는 소리가 났다.

이윽고 란이 대기 중인 객차에 들어왔다.

"역시 흰거미군. 전부 계산했나."

후드 아래로 보이는 그의 입은 웃고 있었다.

긴 소매 밖으로 삐져나와 있는 것은— 오른팔 세 개.

"화톳불을 도울 수단을 일부러 남겨서 강자를 한곳에 모았는가."

갑자기 난입한 자를 보고 CIM의 정예들은 이미 권총을 들고 있었다. 그들 모두가 충분히 일류 수준에 도달한 공작원이었다. 수상한 인물이 출현했어도 겁내지 않았다.

하지만 상대가 너무 안 좋았다.

"천하무적의 소탕이다. —《거철지부》."

남자를 향해 총알이 발포된 순간, 남자가 가진 세 개의 오른팔 중에서 기계적인 빛을 내는 팔 두 개가 크게 휘둘렀다.

팔에서 폭발 같은 것이 일어나며 남자에게 날아간 총알이 전부 방향을 바꿨다.

충격파 같은 무언가가 의수에서 터져 나왔다.

원리는 불명이지만, 공기의 벽이 생겨나 남자의 앞에 있는 객석과 함께 총알을 튕겼다.

란은 그 인물을 알고 있었다.

빈드가 남긴 메시지에 있던—『봉황』의 멤버 네 명을 죽인 존재. 한 사람은 『초록나비』, 그리고 또 한 사람, 팔이 여러 개인 남자.

"너느으으으으으으으으으으으으으으은!"

격앙하며 일어났다.

남자가 움직임을 멈추더니 란 쪽으로 고개를 돌렸다.

"……『뜬구름』이었나? 흐응, 네가 『형안』의 정체인가."

유쾌한 목소리로 말해서 피가 거꾸로 솟았다.

모니카가 알려 줬던 남자의 코드 네임이 떠올랐다.

"그대가 『흑사마귀』로군?"

"역시 천하무적인 나. 이름도 널리 알려져 있는가. 아아, 맙소사. 이래서는 마음 놓고 안온을 맞이할 수 없잖아."

흑사마귀는 도취된 음성으로 말했다.

"……아아, 은퇴가 멀어지는군."

실없는 태도에 짜증이 난 것은 CIM의 정예들도 마찬가지인 듯했다. 권총의 방아쇠를 당겨 흑사마귀를 끝장내려고 했다.

하지만 무턱대고 자극하는 것은 좋지 않았다. 어쨌든 상대는 『봉황』을 괴멸시킨 남자였다.

"기다려! 그 녀석은—!"

란의 제지는 통하지 않았다.

"……날 방해하지 마."

흑사마귀의 의수가 움직이기 시작했다.

정체불명의 충격파가 터졌다. 공기의 벽이 전개되었다. 총알이 격추되고, 제일 가까이 있던 여성의 팔이 우그러졌다.

공방 일체의 무기. 그리고 이곳은 도망칠 곳이 없는 기관차 안이었다.

—흑사마귀의 살육이 시작됐다.

베이고, 불타고, 날아갔다.

의수의 측면에 있는 칼날이 남자의 두꺼운 몸통을 쉽게 절단했다. 의수에서 직선으로 분사된 화염이 권총을 든 스파이들을 불태웠다. 충격파가 터지면 총알은 튕겨 날아가고 접근한 스파이의 사지가 찌그러졌다.

인간이 할 수 있는 기술이 아니었다.

두 개의 의수는 병기 수준의 파괴력을 가지고 있었다.

란은 가까이 가지도 못했다.

그가 파괴한 좌석의 나뭇조각이 객차 후방에 있는 자에게 산탄처럼 쏟아졌다. 전부 피하진 못해서 발을 긁힌 란은 그나마 운이 좋았다. 옆에 있던 자는 가슴에 박혀서 바로 절명했다.

"아아아아아아아아아아아아아아아아아아아아아아!!"

누군가의 절규가 울리더니 곧 멈췄다.

차륜이 삐걱거리는 소리가 유난히 크게 들렸다. 흑사마귀의 의수는 객차의 천장과 벽도 파괴했다. 벽에 크게 뚫린 구멍으로 시체가 굴러떨어졌다.

일방적인 학살은 눈 깜짝할 사이에 끝났다.

살아남은 것은 전투에 참가하지 않은 란뿐이었다.

흑사마귀는 무수한 시체로 채워진 객차에 서 있었다.

"음…… 역시 《거철지부》의 상태가 정상은 아니군."

불만스러운 듯 오른팔에 달린 의수를 왼손으로 쓰다듬었다.

"완전한 상태라면 내가 화톳불을 죽이러 갈 수 있었을 텐데. 이렇게나 제어가 안 된다면 녀석의 구속구까지 부술지도 몰라."

이것도 전력과는 거리가 먼 듯했다.

모조리 파괴한 것은 그가 원하던 바가 아니었던 모양이다. 객차가 대파하면 그 자신도 위험할 것이다.

흑사마귀는 시험 삼아 베어 보듯 의수를 채찍처럼 휘둘러 근처에 있던 시체를 훼손했다.

"물론 너를 죽이는 것 정도는 간단한 일이지만."

란이 아직 살아 있음을 알고 있었다. 서서히 다가왔다.

전혀 움직일 수 없었다.

『봉황』의 동료들을 도륙한 실행범— 그걸 알아도 어쩔 방도가 없었다. 어떻게 움직여도 이기는 미래가 보이지 않았다.

무슨 짓을 하든 저 의수가 숨통을 끊을 것이다. 하지만 이 기관차에 도망칠 곳은 없었다.

—정예 스무 명이 떼로 덤벼도 쓰러뜨리지 못한 괴물에게 맞서 싸울 방법 따위 없다.

그는 3미터쯤 앞까지 다가와 걸음을 멈췄다.

란은 다리를 끌어안고 그저 비참하게 웅크릴 수밖에 없었다.

"한 명도 살려 두지 않을 거다. 화톳불을 구하러 보낼 순 없어."

아직 거리는 있지만, 그의 의수라면 무조건 죽일 수 있는 거리였다.

의수가 위로 크게 들렸다.

"…………『정상 상태가 아니다』?"

란의 입술에서 말이 흘러나왔다.

흑사마귀의 움직임이 멈췄다.

객차의 시간이 일순 정지했다. 기관차의 차륜이 내는 소리만이 두 사람 사이로 흘러갔다.

"—왜지?"

란은 고개를 들었다.

"왜 이런 중요한 국면에 그대의 도구가 고장 난 것이오?"

본래 두 사람의 싸움과는 아무런 관계도 없는 질문.

그저 솔직한 의문이었다.

하지만 흑사마귀는 허를 찔린 것처럼 움직임을 멈췄다. 아픈 부분을 지적당한 것처럼.

그러나 란이 꺼낸 의문은 타당했다.

—어떻게 생각해도 흑사마귀가 클라우스를 죽여야 하지 않나.

그가 말한 대로, 그것이 원래 계획이었을 것이다. 왜 변경했는가.

"누군가가 망가뜨렸나?"

상대는 초일류 스파이다. 외적 요인이 아니라면 도구가 고장 나지 않을 것이다.

누군가 그의 의수를 파괴한 자가 있는 것이다.

"모니카 공은 아니겠지. 맞서 싸울 수 있는 상태가 아니었을 터."

답은 자연스럽게 나왔다. 그건 직감이기도 했고, 신뢰이기도 했다.

「아아, 그런가」 하고 환희를 담아 중얼거리자 눈물이 떨어졌다.

"—동료들이 해낸 거야."

근거 따위 없지만 란은 알 수 있었다. 그게 진실임을.

흑사마귀의 목소리가 살짝 낮아졌다.

"……무슨 말을 하고 싶은 거지?"

짜증을 숨기지 못했다.

북받치는 기쁨에 촉발된 것처럼 「뻔한 것 아닌가!」 하고 외쳤다.

"너는 『봉황』에게 진 거야! 『배리어스』를 보내 기습시키고, 피폐해진 동료들을 다시 습격한 압도적으로 유리한 상황이었는데도 자신의 도구를 파괴당한 거야! 이게 패배가 아니면 뭐겠어?! 『봉황』은 너한테 이긴 거야!"

확실하게 인식할 수 있었다.

빈드, 빅스, 큐르, 팔마는 그저 속수무책으로 살해당한 것이 아니다. 강자와 끝까지 싸워서 큰 성과를 올렸다.

『백』의 일원—『흑사마귀』를 제일선에서 물러나게 했다.

“그래! 완전한 상태인 너라면 클라우스 공의 숨통을 끊을 수 있었을지도 몰라. 하지만 계획을 변경할 수밖에 없었어. 아쉽게 됐네. 전부 『봉황』이 의수를 망가뜨린 탓이야!”

“……다 말했나?”

흑사마귀는 다시 의수 두 개를 들었다.

“결국 그 녀석들은 죽었어. 네놈이 똑같은 곳으로 가게 되는 건 변함없어. 나는 억지를 들어 줄 만큼 한가하지 않아.”

“패배를 인정하기 싫어서 억지 부리는 게 누군데.”

란은 픽 웃었다.

몸에 용기가 차올랐다. 움직이지 않는다고 생각했는데 지금은 날개 돋친 듯 가벼웠다.

물론 그렇다고 해서 흑사마귀를 당해 낼 수는 없었다. 그렇기에 가져왔던 가방을 잡았다.

“너한테 살해당할 바에야— 뛰어내려서 죽어 주겠어.”

차량에 뚫린 구멍을 향해 뛰었다.

흑사마귀는 막으려 하지 않았다. 공격할 필요도 없다고 깨달은 걸까.

이윽고 란의 몸은 어둠 속에 녹아들듯 사라졌다. 시속 100킬로를 넘는 속도로 달리고 있는 기관차였다. 멀쩡히 착지할 수 있을 리 없었다.

흑사마귀는 란이 뛰어내리는 것을 지켜보고서 발길을 돌렸다.

"……어찌 되든 좋아. 내 역할을 다할 뿐이다."

그리고 기관실로 이동해 기관사들도 죽였다.

클라우스를 구출하기 위한 기관차는 조금씩 속도를 늦추다가 이윽고 산속에서 정차했다.

"흰거미, 누구도 네게 보내지 않을 거다."

무전기로 흰거미에게 보고하고 그도 하차하여 어둠 속으로 사라졌다.

◇◇◇

"전멸했다는군."

흰거미는 무전기를 내렸다.

"흑사마귀가 일을 완수해 줬어. CIM의 스파이들은 모두 뒈졌어. 『뜬구름』도 기차에서 뛰어내렸다고 해."

그 말을 듣고 사라는 전율했다.

—『흑사마귀』.

그도 상식을 벗어난 힘을 가진 스파이일 것이다. 또 많은 사람이 목숨을 잃었다. 란도 또 습격받았다. 죽었어도 이상하지 않았다.

흰거미는 무전기를 품에 넣었다.

"역시 이제 더 할 것도 없겠지. 이 이상 조력자가 있어?"

"……윽."

도와줄 사람이 있을 리 없었다.

흰거미는 클라우스를 죽이기 위해 차례차례 책략을 전개했다. 온갖 사태를 상정하여 대응책을 마련했다. 사람의 목숨을 파리 목숨처럼 여기는 비열한 수단도 마다하지 않고.

그 집념에 떨었다. 전신에서 핏기가 가셨다.

"기분이다. 겸사겸사 가르쳐 줄게."

흰거미가 가벼운 어조로 밝혔다.

"—모니카란 녀석은 죽었어."

"어……?"

호흡이 멈췄다.

흰거미는 특별히 중대한 비밀을 밝혔다고 생각하는 것 같지도 않았다.

실실 웃으며 목 언저리를 주무르고 있었다. 오히려 깜짝 놀라는 사라가 의외였는지 「어이어이, 설마 진짜 살아 있을 줄 알았어?」 하고 어이없다는 듯 웃었다.

고개를 내저었다.

그러지 않으면 방금 들은 사실을 받아들일 것 같았다. 마음이 꺾여 버린다.

"거짓말입다……."

"거짓말 아니야. 거기 있는 괴물한테 물어봐."

흰거미는 권총을 흔들었다.

"직감으로 알지 않을까? 내가 거짓말하는지 아닌지."

"보스……."

매달리는 기분으로 무릎 꿇고 있는 클라우스를 돌아보았다.

그는 남다른 직감을 가지고 있었다. 목소리를 들으면 웬만한 거짓말은 『그냥』 간파할 수 있는 사기적인 기능이었다.

"……부정해 주세요. 제발……."

목소리를 쥐어짰다.

"거짓말이죠……? 모니카 선배가 죽었다니, 그럴 리가 없잖습니까……."

클라우스의 표정은 전에 없이 패기가 없었다.

마치 먼 과거의 기억을 떠올리듯 입을 열며 흰거미를 바라보았다.

"……저 녀석의 말에, 거짓은 없어."

그 말을 들은 순간, 사라의 시야가 빛을 잃었다.

기관차의 구동음이 사라졌다. 세상의 윤곽이 일그러진 것처럼 눈앞에 보이는 것의 형태를 알 수 없어졌다. 오감이 멀어졌다. 자신이 서 있는지도 알 수 없었다.

몸속에서 바람 소리가 들렸다. 마음에 뚫린 구멍에서 나는 소리였다.

그 소리만이 유독 선명하게 들렸다.

"어째서……?"

입이 움직였다.

"엉?"

"어째서, 이런 지독한 짓을 할 수 있는 거죠……?!"

눈앞에 있는 존재를 같은 인간이라고 인정하고 싶지 않았다.

우주에서 온 생물이라고 하는 게 그나마 납득이 갔다. 윤리관이 사라와 너무나도 달랐다.

"왜…… 이렇게 간단히 사람의 목숨을 뺏을 수 있는 거죠……?"

"약자에게는 다른 수단이 없으니까."

흰거미는 코웃음 쳤다.

"아니면 뭐? 약자는 정정당당히 싸우고 지는 게 미덕이야? 웃기지 마. 이기지 못하면 전부 잃어버려. 수단에 연연할 수 없다고."

"그걸 위해서라면!! 대의가 있으면 얼마든지 사람을 상처 입혀도 된다는 건가요?!"

"맞아. 전부 어쩔 수 없는 희생이야."

눈에는 강렬한 광기가 담겨 있었다.

"약한 나는 뭘 하든 용납돼."

인정할 수 있을 리가 없었다.

『화염』도, 『봉황』도, 다린 황태자도, CIM의 스파이들도, 그리고 모니카와 란도.

그들의 희생을 어쩔 수 없다는 말로 치부할 수 있을 리가 없었다.

사라졌던 전신의 감각이 되살아난 것처럼 확 뜨거워졌다.

난생처음 품는 충동— 살의.

이 남자를 죽여야 한다고 영혼의 중핵에서 충동이 일었다.

“내 생각이 틀렸다고 말할 거면.”

단단히 주먹을 움켜쥔 사라를 보고 흰거미는 왼발을 뒤로 보내 몸을 비스듬히 기울였다.

“덤벼. 나한테 이겨서 증명해 봐.”

“아아아아아아아아아아아아아아아아아아아아아아아아아!!”

사라는 고함을 지르며 흰거미에게 달려들었다.

원래부터 총격전은 불리했다. 총알조차 튕기는 상급자와 싸우려면 모 아니면 도라는 심정으로 달려들어 주먹으로 때려눕힐 수밖에 없었다.

비상시에 대비한 전투 훈련은 모니카가 실시해 줬다.

타오르는 듯한 증오가 잠재력을 한계까지 끌어올렸다.

정면으로 달려들어 오른쪽 주먹으로 그의 뺨을 때리려고 했다.

“다소 열이 오른 모양이지만.”

흰거미는 권총을 품에 넣은 상태였다. 단검도 다시 소매 속에 넣고 주먹으로 사라를 요격했다.

“목숨을 거는 정도로 어떻게든 된다면 고생 안 하지.”

카운터.

사라의 온 힘을 다한 주먹과 교차하듯 흰거미의 주먹이 안면에 꽂혔다. 사라가 돌격한 에너지는 전부 흰거미의 주먹이 날아온 속도만큼 가산되어 사라에게 돌아왔다.
안면이 부서지는 느낌을 받으며 몸이 무너져 내렸다.
사라의 무력은 통하지 않는다. 피아의 차이는 분노로 메꿀 수 없다.
그래도 멈출 수 없다며 기합으로 버텼을 때, 흰거미의 추격타가 날아왔다.

"알 거 아니야? 약자가 강자에게 맞서는 부조리함을—!"

오른쪽 주먹으로 뺨에 묵직한 일격, 비틀거리는 몸통에 왼쪽 주먹.
몸이 허공에 떠오르며 사지에서 힘이 빠졌다.

"아무것도 못 하고 유린당하는 무력감을 알 거 아니야—!!"

쓰러지게 해 주지도 않았다.
흰거미는 다리를 크게 쳐올려 저항력이 사라진 사라에게 체중을 실은 앞차기를 날렸다. 맨 처음 먹었던 일격과는 비교가 안 되는 위력이었다.

"—알라고."

마무리 일격은 총알이었다.
몸싸움 중에 쏜 탄환이어도 흰거미의 사격은 정확했다. 만약 사라가 반사적으로 오른손을 내밀지 않았다면 탄환은 확실하게 심장을 꿰뚫었을 것이다.

오른쪽 손바닥을 관통한 총알은 살짝 궤도가 틀어져 사라의 목을 스쳤다.

걷어차이고 총에 맞아 크게 후퇴한 사라는 구르듯 클라우스 옆에 쓰러졌다.

클라우스가 분한 듯 숨을 내쉬는 소리가 들렸다.

사라는 도자기로 만든 단검을 꺼내 옷소매를 찢었다. 그걸 붕대 삼아 즉각 오른손을 지혈하고 일어났다.

"계속, 움직인다……."

릴리의 가르침을 읊조리고 다시 클라우스 앞에서 자세를 잡았다.

"……아직도 일어나는 거냐."

흰거미는 의외라는 듯 눈을 가늘게 떴다.

굴복할 거라고 낙관했을 것이다. 얼굴이 살짝 굳어 있었다.

"아직도…… 마음이 꺾이지 않는 거냐고……!"

그렇게 단정 짓는 것은 모욕적으로도 느껴졌다.

"모릅다……!!"

"엉?"

"약자의 주장 따위 모른다고요……!!"

사라는 피가 뚝뚝 떨어지는 오른손을 움켜쥐고 외쳤다.

"나는! 약하지 않아!!"

아무리 몸이 상처 입어도 마음까지 굴복하지는 않는다.

—자신이 무력하다면 남을 고통스럽게 하는 수단을 얼마든지 택해도 된다.

—어떤 사람이든, 몇 명이든 죽여도 된다.

그런 헛소리는 들을 가치가 없다.

그저 당당히 가슴을 펴고 자신의 감정을 내보였다.

"양성 학교의 낙오자여도! 『등불』에서 가장 약해도! 스파이로서 전혀 성장하지 못해도— 저는! 좋은 사람을 많이 만났어요."

진심에서 우러나온 본심이었다.

"전 세계를 둘러봐도 저만큼 운이 좋은 사람은 없어요."

양성 학교에서 낙제되기 직전이었던 사라를 클라우스가 찾아내 줬다.

보잘것없는 자신을 『극상이야』라고 인정해 줬다.

릴리에게 용기를 얻었다. 지비아와 함께 웃을 수 있었다. 그레테가 타일러 줬다. 티아가 든든하게 받쳐 줬다. 모니카가 지도해 줬다. 에르나와 아네트가 좋아해 주며 격려해 줬다.

『봉황』의 엘리트들이 사라에게 싸울 방법을 줬다.

이렇게나 좋은 사람을 많이 만났는데 자신을 약자라고 여길 리가 없었다.

"그러니까 지금, 저는 틀림없이 강자라고 당당하게 말할 수 있어요……!"

흰거미와는 서로 맞지 않는다.

이 정도 기술과 무력을 가졌으면서 자신을 약자라고 하는 자는 인정할 수 없었다.

"그럼 도와줄 사람이 있어?"

흰거미가 짜증스레 호통쳤다.

"인맥운이 좋다면 어디 보여 봐. 망상에 매달리는 빈약한 새끼야—!"

"망상이 아닙니다."

사라는 오른손을 높이 들었다.

"**『봉황』은 마지막까지 저희를 도와줬어요.**"

마치 사람을 부르는 것 같은 동작을 보고 흰거미가 불쾌한 듯 입술을 깨물었다.

그의 태도는 당연했다. 물론 이 궁지에서 사라를 구해 낼 수 있는 사람은 없었다. 질주하는 기관차를 따라잡을 수 있는 인간이 존재할 리 없었다.

하지만 사라가 든 오른손은 용맹했고 꿈쩍도 하지 않았다.

흰거미가 내씹듯 말했다.

"여러 번 말하게 하지 마. 『봉황』은 『뜬구름』 빼고 다 죽었어. 정체는 너의 동물이고—."

"—그렇게 간파당하는 것까지 작전이었어요."

사라가 중얼거린 순간, 흰거미는 숨을 삼켰다.

『형안』은 란이라고 말했을 때 충격받은 것은 책략이 성공했다고 확신했으니까.

란이 생사 불명이라는 이야기를 듣고 당황한 것은 단순히 그 사실이 슬펐으니까.

"그래서 당신은 『형안』의 정체까지는 간파하지 못했죠."

사라는 살포시 미소 지었다.

『등불』의 마지막 비장의 카드, 코드 네임 『형안』은 발동된다.

◇◇◇

철도 옆에 우거진 나무 아래에서 『뜬구름』 란은 숨을 몰아쉬며 누워 있었다.

"소, 손가락뼈가 전부 작살났소……."

기관차에서 뛰어내린 그녀는 특기인 끈을 이용한 포박술로 선로 옆에 있는 나무를 잡아 충격을 완화했다. 직접 땅에 내동댕이쳐지는 것보다는 나았지만, 전신에 받은 대미지는 어마어마했다.

거의 떨어져 나간 손가락도 있었다. 후유증은 불가피하리라.

"하지만 그대는 끝까지 숨겼소."

그녀는 발로 끌어안고 있던 가방을 입으로 열었다.

"『형안』. 여기까지 접근했으니 그대라면 늦지 않겠지."

그 스파이는 가방 속에 숨어 있었다. 날카로운 시선을 란에게 보내고 있었다.

란의 눈에서 회한의 눈물이 흘러내렸다.

"……부탁하오. 그 녀석들에게 한 방 먹여 주시오."

울며 매달렸다. 증오스러운 『뱀』 앞에서 란은 도망칠 수밖에 없었다. 믿을 수 있는 것은 그뿐이었다.

말이 통하는지는 알 수 없지만, 그는 지그시 란을 마주 보았다.

"그대는 그야말로 『등불』과 『봉황』의 연대의 상징— 불새에 걸맞소."

손가락은 움직이지 않았다.

란은 쓰다듬듯 그 존재에게 이마를 댔다.

"그대는 말을 하지 못하니. 다시 한번 구태여 소생이 말해 주겠소."

넘쳐흐르는 감정을 전부 말에 담았다.

"—『형안』이여, 하늘로 날아오르라. 우리의 불사조여."

코드 네임 『형안』은 **커다란 날개를 펼쳤다.**

가방을 잡고서 공중으로 날아올라 바람을 타고 가속했다.

여기까지 접근하면 목표를 따라잡을 수 있었다. 지속력은 없지만, 최고 속도라면 기관차도 능가한다. 기차는 굽이진 선로를 나아가야 하지만 자신은 직선으로 갈 수 있다.

그의 날개에는 거센 열이 깃들어 있었다.

—말을 나누지 못해도 자신의 사명은 안다.

—이 타이밍이야말로 『등불』을 구할 대임을 완수할 때.

줄곧 보아 왔기에 감정이 북받쳤다.

누구보다도 사라라는 소녀에게 공감하며 『등불』이라는 팀을 지켜봤으니까.

첫 임무에 임했던 순간도, 『등불』의 소녀들이 웃는 얼굴도, 『봉황』의 엘리트들의 으스대지만 다정했던 태도도, 흰거미를 타도하기 위해 사라가 눈물지었던 순간도.

『형안』은 『등불』이 결성된 그 순간부터 그녀들 곁에 있었다.

예전에 메이드 암살자가 던진 폭탄을 처리하다가 다친 어깨가 아팠다. 하지만 속도는 늦추지 않았다.

—그 소녀는 『등불』에 오고 나서 잘 웃게 되었다.

자신과 오랫동안 함께 지낸 파트너의 모습을 떠올렸다.

—그 대은을 갚기 위해 자신도 힘을 발휘하겠다.

◇◇◇

객차가 크게 흔들렸다. 위아래로 강하게 진동했다. 잘못하면 탈선해서 전복될지도 몰랐다. 흰거미의 몸이 떠올랐다. 갑작스러운 변화에 전혀 대응할 수 없었다.

창문이 깨졌다.

객차의 천장과 벽 일부가 불타고 있는지 창문으로 불길이 날름거렸다.

'뭐야……?'

흰거미는 필사적으로 몸의 균형을 유지하며 머리를 굴렸다.

'폭탄이라도 작렬했나? 숨기고 있었나?'

기관차 상부에 아마 『화원』이 있다.

그녀가 던진 걸까.

'……아냐, 말도 안 돼. 무기는 전부 뺐었어. 준비할 시간도 안 줬어.'

애초에 무기가 있었다면 『등불』은 좀 더 효율적으로 움직일 수 있었다.

기관실에 있는 사람을 습격하면 된다. 기관차가 멈추고 도망칠 수 있다. 사라 혼자 흰거미와 싸우는 것보다 승률이 높다.

—조력자가 달려와서 폭탄을 던졌다.

그렇게 생각하는 것이 타당하지만, 그것도 있을 수 없는 일이었다.

'이곳에 올 수 있는 **인간**은 존재하지 않아……!'

그랬다. 이 전제를 뒤집지 못하는 것이 평범한 반응이었다.

질주하는 기관차를 따라잡을 수 있는 수단은 흰거미가 꼼꼼하게 봉쇄했다.

그 맹점이야말로—『등불』이 만들어 낸 기책이었다.

◇◇◇

—펜드 연방 임무 직전.

클라우스는 소녀 전원을 홀에 모으고 그 스파이를 소개했다.

『「등불」에 새 멤버를 맞이할 생각이야.』

평소처럼 마이페이스로 설명했다.

『이 친구가 바로 코드 네임 「형안」— 배신이 일상인 스파이 세계에서 이 친구만큼 충성심 있는 자도 없어. 내가 가장 신뢰하는 스파이야.』

『『『『『『『『아니, 아니, 아니, 아니, 아니, 아니, 아니, 아니, 아니.』』』』』』』』

여덟 소녀 모두가 크게 손을 내저었다.

다 같이 일제히 태클을 건 후, 기막히다는 목소리로 말했다.

『확실히 신뢰감은 장난 아니지만!』『새로 가입한다고 할 수 있나?』『……「등불」의 정식 멤버는 보스와 저희 여덟 명…… 일단 새 멤버입니다.』『근데 스파이야?』『나님! 사라 누님보다 우수한 스파이라고 생각해요!』『나도 동감.』『너, 너무함다.』

소녀들이 아연해하는 시간이 한동안 계속되었다.

이윽고 릴리가 『뭐, 가입은 대환영이지만요』 하고 말하면서 최종적으로 그의 가입은 박수와 함께 받아들여졌다.

클라우스는 다시금 설명했다.

이제껏 『뱀』과 몇 번 교전하면서 『등불』의 정보가 새어 나갔을 가능성이 있었다. 적을 계속 속이려면 새로운 책략이 필요했다.

『「형안」은 어떤 조건이 트리거가 되었을 때 발동한다.』

강조하듯 말했다.

『—적이 「형안」의 정체를 **사람**이라고 오인하도록 했을 때야.』

그리고 그 타이밍은 임무 중에 찾아왔다.

발동시킨 사람은 모니카였다. 흰거미와 흑사마귀의 눈앞에서 소리 높여 말했다.

『코드 네임 「형안」. 그 **사람**을 의지해. 「뱀」을 타파할 수 있는 존재는 그 사람 말고 없어.』

소녀들은 그 말을 올바르게 받아들였다.

—다 같이 말을 맞춰서 모든 적이 『형안』을 사람이라고 여기게 한다.

물론 모니카가 정말로 가능성을 걸었던 것은 한 소녀였다.

◇◇◇

흰거미는 아직 눈치채지 못했다.

『형안』이 사람이 아닐 거라는 발상에는 이르지 못했다. 『봉황』의 정체가 동물임을 한번 간파하면서 사라의 실력을 오인했다. 「동물을 이용한 트릭은 이미 소비했다」고 믿게 만드는 것이야말로 『봉황』을 되살린다는 기책의 진정한 노림수였다.

—사라만이 쓸 수 있는 속임수.

『봉황』이 전수한 스파이의 싸움법. 특기와 거짓말을 조합하는 것.

사라는 마치 사람을 대하듯 깊은 애정을 가지고 동물을 대해 왔다.

그녀의 그 삶의 방식이 그녀만의 속임수를 낳았다. 그녀만의 싸움법을 만들어 냈다.

『조교』×『의인(擬人)』— 조수희화(鳥獸戲畵).

기관차가 갑자기 속도를 늦췄다. 운전사가 황급히 제동을 건 듯했다.

강한 관성이 작용하며 객차가 더 크게 흔들렸다.

사라는 흰거미가 균형을 잃은 사이에 움직였다.

"코드 네임『형안』—."

최대한 힘을 쥐어짜서 그 이름을 외쳤다.

"—버나드 씨이이이이이이이이이이이이이이이이이!!"

몸을 가누지 못하는 흰거미는 목격했다.

이쪽으로 똑바로 다가오는 사라. 거기에 정신이 팔린 순간, 옆에서 뭔가가 날아들었다.

불타는 창문으로 들어오는 크고 용맹한 매.

—불새.

불 속에서 비상하는 존재는 흰거미의 눈에 전설상의 생물처럼 보였다.

갑자기 나타난 매가 흰거미의 목을 물어뜯고자 돌격해 왔다.

"——————————————————————!!"

뒤늦게 그도 진실에 도달했다.

이 매가 바로『등불』의 비책—『형안』.

'간파할 수 있을 리가 없잖아아아아아아아아아!'

진실을 알고 경악했다.

목의 살을 물어뜯은 매를 팔꿈치로 쳐서 뿌리치고 다시 사라와 마주했다.

그녀는 왼손만으로 권총을 쥐고서 흰거미를 겨냥하고 있었다. 절대 빗나가지 않도록 흰거미에게 달려오고 있었다. 매와 사라의 완벽한 콤비네이션.

단검으로 막기엔 이미 너무 가까웠다.

이걸 노린 거였나, 흰거미는 침음을 흘렸다.

『형안』은 상황을 혼자서 타파할 수 있는 스파이가 아니다. 하지만 이 스파이를 사람이라고 여긴 순간, 심리적 맹점을 만들어 낼 수 있다.

—단 한 번의 기습 공격이야말로 『등불』의 책략이었다.

사라가 방아쇠를 당겼다.

"끝입다!"

"통할 것 같아? 멍청아!"

흰거미가 모 아니면 도라는 심정으로 던진 것은 최종 수단이기도 한 소형 폭탄이었다. 초속으로 폭발하는 무기는 흰거미를 상처 입힘과 동시에 사라도 공격했다.

총알은 빗나가서 명중하지 않았다.

"……윽!!"

사라가 얼굴을 찡그렸다.

수많은 사선을 넘은 끈질김이 흰거미의 특색이었다.

사라가 모든 것을 건 공격마저 능가했다. 사라는 흰거미를 이길 수 없다. 실력 차이는 결코 흔들리지 않는다.

"마지막 책략까지 다 쓴 모양이야—!"

균형을 잃으면서도 쏴 죽이기 위해 권총을 들었다.

"자! 이걸로 진짜 끝내기로—."

"역시 버나드 대선생님. 활약하시네요."

뒤에서 대담한 목소리가 들렸다.

발포를 중단하고 돌아보자 흰거미 뒤에 『화원』 릴리가 나타나 있었다.

줄곧 기관차 상부에 매달려 있었을 것이다. 찢어진 왼쪽 소매가 왼쪽 어깨에 감겨 있었다. 지금까지 응급 처치를 한 걸까.

매에게 폭탄을 받아 작동시킨 것도 그녀인 듯했다.

"버나드 대선생님이 멋진 아이템을 가져와 줬어요."

수상쩍은 미소를 머금고서 막대 모양의 무기를 오른손에 들고 있었다.

"마침내 아네트가 완성한 저만의 특제 무기—!!"

'저건 뭐야……?'

릴리가 들고 있는 것은 흰거미가 전혀 모르는 무기였다.

더 정확히 말하자면 무기로도 보이지 않았다. 어린아이의 장난감이다. 150cm쯤 되는 금속 막대기 끝에 기묘한 공예품이 달려 있었다.

—바람개비.

예전에 릴리와 아네트가 무자이아 합중국의 수도에서 했던 약속.

『귀국하면 엄청난 무기를 만들어 주세요. 선생님을 쓰러뜨릴 수 있을 만한.』

『알겠어요! 나님의 공작과 누님의 독이 만나면 엄청난 게 완성될 거예요!』

한번 살인에 실패하고 좌절한 아네트는 죽이는 방법을 새로 창출했다.

—**자기 손을 더럽히지 않고 다른 사람이 대신 죽이게 하는 것.**

말하자면 악의 진화. 한층 더한 사악으로의 길이었다.

비정한 세계를 살아가는 살인 충동이 담긴 도구에 릴리는 어울리는 이름을 지었다.

"비밀 무기(라스트코드) 《실낙원》— 말라 죽는 세계예요."

바람개비가 돌아가며 중앙에서 대량의 거품이 분출되었다. 지금까지 릴리가 사용했던 도구와는 비교가 안 되는 기세로 거품이 객

차 내부를 뒤덮어 나갔다.

독액을 독가스로 부풀린 비눗방울에 의한— 파괴적인 공간 제압.

독거품은 흰거미를 집어삼키려 했다. 총으로 쏴도 모든 독거품을 없앨 수는 없었다. 터질 때마다 독가스가 살포되어 흰거미의 비강을 지졌다.

릴리의 모습은 독거품에 덮여서 사격할 수 없었다.

'웃기지 마. 이런 곳에서—!!'

저항 따위 불가능했다. 독거품으로부터 도망치기 위해 후방으로 한 걸음 물러났다.

저지하듯 그림자가 나타났다.

—클라우스.

다친 왼쪽 다리를 무리하게 움직여서 흰거미에게 돌격해 왔다.

'괴물……!'

전혀 반응하지 못하고 입술을 세게 깨물었다.

"끝나라, 흰거미—."

클라우스의 왼쪽 다리가 안면을 꿰뚫었다.

"—너는 내 적수조차 못 돼."

사라, 버나드, 릴리, 그리고 클라우스의 연격에 흰거미는 뒤로 나가떨어졌다.

그의 몸은 바람개비가 만들어 낸 독거품의 바다 속으로 가라앉았다.

에필로그 『은퇴』와 『유산』

"—이상이 임무 보고야."

딘 공화국의 첩보 기관, 대외정보실 본부.

클라우스는 스파이 마스터인 C 앞에서 긴 보고를 마쳤다. 중간 보고도 했었지만, 일단 구두로 전부 전해 두기로 했다.

『봉황』 괴멸의 진상을 쫓아 CIM과 싸운 것. 도중에 『빙인』의 배신이 발각되어 대응하느라 애먹은 것. 최종적으로 흑막인 흰거미와 싸우고 이겼다는 것.

"아무래도 귀국하는 데는 시간이 걸렸어. 멤버의 부상은 꽤 심각했어."

『등불』의 거의 전원이 깊은 상처를 입은 고된 임무였다.

결국 흰거미를 쓰러뜨린 뒤에도 펜드 연방에서 한 달 가까이 요양하게 되었다.

참고로 그사이에 다린 황태자의 장례식은 스파이들의 격전 따위 없었던 것처럼 무사히 이루어졌다. 샤린다 사원으로 시신을 옮기는 장례 행렬은 병실에서도 보였다.

"하지만 다행히 『게르데의 유산』도 회수할 수 있었어."

클라우스는 고개를 끄덕였다.

"충분한 성과야. 물론 『봉황』 일은 유감스럽지만."

이야기를 끝내고 C가 직접 끓여 준 맛없는 커피를 마셨다. 원두를 직접 씹어 먹는 게 더 나을 것 같은 맛이었다.

C는 눈앞에 있는 테이블을 손으로 몇 번 두드렸다.

"훌륭해."

확실하게 칭찬하는 건 보기 드문 일이었다.

"역시 대단해. 『봉황』 괴멸의 진상 규명, 원인 타파, 게다가 『게르데의 유산』 회수까지— 세 가지 임무를 전부 달성할 줄은 몰랐어."

"그러게."

"하지만 얘기하지 않은 게 하나 있지?"

맹금류 같은 눈이 가늘어졌다.

"—『빙인』은 죽었나?"

"……."

그건 클라우스가 의도적으로 언급하지 않은 내용이었다.

하지만 피해 갈 수 없을 듯했다.

말해야 했다. 하고 싶지 않은 말이었다.

"—그 아이는 죽었어. 이미 늦은 뒤였어."

그리고 떠올렸다.

흰거미를 타도하고 도달한 충격적인 결말을.

◇◇◇

발포음이 울렸다.

클라우스가 다친 왼발로 무리하게 움직여서 흰거미를 독거품 속에 가라앉혔을 때, 그는 최후의 저항을 했다.

총알은 클라우스에게도, 릴리에게도, 사라에게도 맞지 않았다.

흰거미는 독거품과 독가스에 뒤덮여 움직이지 못하게 된 것 같았다. 거품 너머에서 쓰러지는 모습이 보였다.

다시 봐도 무서운 무기였다. 《실낙원》― 아네트의 사악이 만들어 낸 스파이의 무기. 독가스와 피부를 지지는 독거품의 조합. 독가스뿐이라면 숨을 멈춰서 다소나마 막을 수 있지만, 독거품이 아주 성가셨다. 공간을 통째로 릴리의 지배하에 두는 힘을 가지고 있었다.

"빌어먹을……."

이윽고 독거품이 사라지자 쓰러진 흰거미의 모습이 나타났다.

입은 움직일 수 있는 모양이지만 사지는 움직이지 못하는 것 같았다. 힘이 다해 있었다.

"약한 주제에 정말로 성가신 남자야."

그 모습을 보고 감탄했다.

"―그 한순간에 자결까지 하다니."

"시끄러워. 원래 그런 캐릭터는 아니야."

마지막에 흰거미가 쏜 총알은 그 자신을 겨눈 것이었다. 균형을 잃어서 정수리를 맞히지는 못한 것 같지만 복부를 꿰뚫었다.

대량의 피가 바닥으로 흘러나오고 있었다.

머지않아 목숨을 잃을 것이다. 구속해서 정보를 알아내고 싶었지만 어려울 듯했다.

"하지만 이것만큼은 가르쳐 줘야겠어."

사라에게 부축받아 흰거미 앞으로 이동했다.

"모니카는 어쨌지? 정말로 죽였나?"

"제일 먼저 묻는 게 부하가 어떻게 죽었는지야?"

비웃듯 입만 움직였다.

"여러 번 말하게 하지 마. 죽였어. 그 말에 거짓은 없어."

역시 거짓말은 아닌 것 같았다.

스파이로서 단련한 감이 그가 진심으로 말하고 있다고 헤아렸다.

"시신은 어쨌지?"

"……."

흰거미는 입을 다물었다.

그 침묵의 의미를 깨닫고 눈을 크게 떴다.

"혹시—."

"확인 안 했어."

체념한 듯 흰거미가 한숨을 쉬었다.

"멍청한 흑사마귀가 건물까지 통째로 파괴해 버렸어. 불까지 지르고 말이야. 시시한 도발에 넘어가 가지고. —하지만 살아 있을 리가 없어. 꼴좋다."

절명하는 순간은 목격하지 못한 건가.

더 힌트가 없을지 생각했을 때, 흰거미가 「안타깝게도 시간 다 됐어」 하고 말했다.

"……천국이 보여. 아아, 진짜 짜증 나."

목소리에서 생기가 사라져 갔다.

아직 묻고 싶은 것이 수두룩했으나 이렇게 잽싸게 도망치는 것도 그의 강함인 것 같았다.

“—『무지개반디』.”

흰거미의 입에서 어떤 말이 흘러나왔다.

클라우스가 모르는 단어였다.

“……뭐지?”

“글쎄. 나도 왜 중얼거렸는지 모르겠어. 다만 알려 주고 싶어졌어. 기드 씨의 제자인 너한테는.”

“누구지? 『뱀』의 일원인가?”

“안 말해 줘. 신경 쓰지 마. 단순한 기도고, 단순한 저주야.”

그의 몸에서 힘이 빠졌다. 눈에서 점차 빛이 사라졌다.

“젠장…….”

그 욕이 그의 유언이 되었다. 마지막까지 조무래기 같은 발언을 하는 남자였다.

크게 한숨을 쉬었다.

피로감이 엄청났다. 오랜만에 죽음을 각오해야 했었다.

‘이로써 이 나라에서 수행할 임무는 전부 끝났나…….’

흑사마귀라는 남자는 진즉에 도망쳤을 터다. 그의 역할은 클라우스를 암살하는 것이 아니라 흰거미의 보조이리라. 흰거미가 실패했으니 도주하고 있을 터다.

—모니카를 살릴 수는 없었나.

인정하고 싶지 않은 비정한 현실이 밀어닥쳤다.

습격받고 벌써 엿새가 지났다. 그럼에도 불구하고 살아 있다는 소식이 없다는 것은—.

"……지하실."

사라가 불쑥 중얼거렸다.

"——?"

시선을 보냈다.

"보스는 못 들었나요? 게르데 씨가 빈드 선배를 수행시켰던 곳."

"……간단히 듣기는 했어. 겔 할멈의 아지트로 끌려가서—."

"마, 맞습다. 저도 들었어요. 모니카 선배와 빈드 선배가 얘기할 때 우연히 거기 있어서—."

사라의 목소리는 눈물 때문에 떨리고 있었다.

"—게르데 씨의 아지트에는 지하실이 있습다."

즉각 행동을 개시했다.

아무리 『뱀』이 대단해도 게르데의 아지트에 관한 정보까지 파악하지는 못했을 터다. 낡은 목조 맨션에 지하실이 있다는 걸 모른다면 흰거미가 오해할 만도 했다.

움직일 수 있는 『등불』을 집합시켜서 이미란으로 서둘렀다.

도중에 란도 합류했다. 양손의 손가락뼈가 하나도 남김없이 골절된 상태였으나 따라왔다. 지비아도 릴리도 사라도, 자신의 치료보다 수색을 우선했다. 병원에서는 아네트, 에르나, 그레테가 해방된 티아를 따라왔다.

결국 『등불』 전원이 수색하게 되었다.

게르데의 아지트가 있었던 것 같은 곳에는 대량의 잔해가 방치되어 있었다. 『뱀』과 모니카는 이 옆에서 싸우고 건물을 전소시킨 듯했다.

—모니카는 지하실로 도망쳤지만 잔해가 출입구를 막아 버린 걸지도 모른다.

수색 작업 중에 사라가 몇 번이고 사과했다.

"죄, 죄송해요! 제가 더 빨리 전했다면—."

"사과하지 마! 빨리 말했어도 어차피 CIM한테 감시받는 동안에는 못 움직였어."

다친 양팔로 잔해를 치우고서 지비아가 외쳤다.

"그리고 주변은 CIM이 찾았다고 했잖아! 간과했을 줄 알았겠냐고."

이어서 왼쪽 어깨에 붕대를 감은 릴리가 외쳤다.

"현장에 시신이 없었다— 그런 보고를 들으면 끌려갔다고 생각하죠!"

"하, 하지만—."

헌신적으로 움직이는 에르나가 말했다.

"괜찮은 거야? 벌써 엿새나 지났는데—."

"모니카가 습격받은 직후, 호우가 이어졌어."

티아가 냉정하게 말했고, 그레테가 잔해를 옮기며 말을 이었다.

"네…… 위에 있던 건물이 파괴되어 빗물이 지하실까지 흘러들었을지도 모릅니다. 물만 있으면 생존할 가능성은 있어요……!"

아네트가 해머 같은 기계로 불탄 목재를 날려 버렸다.

"나님! 흑사마귀란 녀석한테 당한 상처로 뒈졌을 거라고 생각해요!"

"그 녀석의 무기는 정상 상태가 아니었소!"

지면을 구석구석 찾는 란이 외쳤다.

"빈드 오빠와 동료들이 망가뜨려 줬소. 본래 실력이 아니었소."

다치지 않은 사람은 한 명도 없었다. 아직 병원에 있어야 할 소녀, 지금 당장 의사에게 치료받아야 할 소녀가 대부분이었다.

하지만 그래도 손을 멈추는 자는 없었다.

"이거야."

이윽고 클라우스가 찾았다.

잔해 밑에서 지하로 가는 출입구가 나타났다.

사다리가 놓여 있는 것 같았다. 즉각 내려가자 넓은 공간이 나왔다. 술병이 굴러다니고 있는 것을 보고 게르데의 아지트라고 확신했다.

손전등으로 주위를 비췄다.

아무렇게나 놓인 서류들이 새어 들어온 빗물에 젖어 있었다.

불빛은 이윽고 방구석에 앉아 있는 소녀에게 집중되었다.

"—꿈을 꾸고 있나 봐."

모니카는 아직 살아 있었다.

다들 숨 쉬는 것을 잊었다.

제일 먼저 달려간 사람은 릴리였다. 이름을 부르며 야위어 버린 소녀를 끌어안았다.

"사후에 볼 수 있는 게 이런 세계라면…… 의외로 나쁘지 않은 것도 같아."

그녀는 이런 때에도 빈정거리는 표정으로 릴리에게 기댔다.

◇◇◇

클라우스는 회상을 마치고 다시 한숨을 쉬었다.

허위 보고를 계속했다.

"애초에 『빙인』은 죽는 편이 나아. CIM의 대부분은 그 아이가 황태자를 암살한 실행범이라고 인식하고 있어. 딘 공화국에 있어서도 살아 있으면 안 되는 존재야."

스파이로서 엄격한 자세를 보여 주듯 단숨에 잘라 말했다.

그리고 화제를 돌리듯 「그건 그렇고」 하고 애써 밝은 목소리를 냈다.

"—『등불』에 새 멤버를 맞이할 생각이야."

"……………………."

C의 침묵은 길었다.

수상쩍은 것을 보듯 얼굴을 찌푸렸다.

"평범하게 『살아 있었다』고 보고해."

"무슨 말인지 모르겠지만, 그 아이는 한번 딘 공화국을 배신했어. 가령 살아 있었더라도 당신이 어떤 처분을 내릴지 알 수 없어."

그래서 보고하고 싶지 않았던 거다.

배신자를 숨겨 주고 있다고 여겨지는 건 억울했다. 『빙인』은 죽었다. 서류상.

"코드 네임 『회신(灰燼)』— 그게 『등불』에 새로 가입하는 자의 이름이야."

맹화는 얼음을 녹이고 모든 것을 불태워 세계를 변혁한다.

『빙인』 같은 이름은 어울리지 않을 것이다. 적어도 지금의 모니카에게는.

◇◇◇

대외정보실 본부에서 나오자 소녀들이 전원 대기하고 있었다.

클라우스는 펜드 연방에서 귀국한 후 『등불』의 거점으로 직행하지 않고 우선 본부에 들렀는데, 소녀들은 클라우스를 기다리겠다고 고집을 부렸다. 아직 상처가 완치되지 않은 자가 많아서 당장이라도 쉬고 싶을 텐데.

「다 같이 돌아가자고 약속했으니까요」라는 것이 릴리의 말이었다.

다 같이 기차를 타고 거점이 있는 항구 도시로 돌아갔다.

참고로 귀국하기까지 모니카와 아네트 사이에 큰 말썽이 있었지만, 그건 또 별개의 이야기였다. 아네트의 원한은 뿌리 깊었으나 어떻게든 해결됐다.

다 같이 비밀 통로를 빠져나가 거점인 아지랑이 팰리스의 외관이 보였을 때, 릴리가 외쳤다.

"돌아왔어요오오오오오오오오오오오오오오오오오오."

""""""""""우오오오오오오오오오오오오오오오오오오오오오오!!""""""""""

소녀들은 양손을 높이 들고, 속에서 솟구치는 충동을 따라 환호성을 질렀다. 미칠 듯이 뜨거운 환희의 목소리였다. 울며 서로를 부둥켜안았다.

가혹한 임무였다.

누군가가 죽었어도 이상하지 않았다. 전원이 사선을 넘었다.

『등불』은 전원 생환했다— 이토록 기쁜 일은 없었다.

클라우스는 그 기쁨에 섞이지 못하는 존재를 알아차렸다.

"……그림은 지워졌구려."

란이었다. 갈 곳이 없는 그녀도 여기까지 따라왔다.

란은 아지랑이 팰리스의 외벽을 바라보고 있었다. 예전에 거기 있었던 불사조 그림은 이미 비에 씻겨서 거의 남아 있지 않았다.

"소생만이 살아서……."

란이 외벽을 살며시 쓸어내렸다.

뭐라고 말을 걸려고 했을 때, 란이 고개를 가로저었다.

"아니, 괜찮소."

망설임 없는 음성이었다.

"이제 괜찮소. 다들."

클라우스는 가만히 자리를 뜨기로 했다. 한동안 란을 혼자 있게 해 주고 싶었다.

◇◇◇

클라우스가 방에서 의자에 앉아 쉬고 있으니 노크 소리가 났다.

"저, 저기, 보스……."

안색을 살피듯 조심스레 쳐다볼 때가 많은 사라가 문을 열었다.

귀환한 지 세 시간도 지나지 않았다. 조금 전까지 떠들썩한 목소리가 들렸던 것 같은데, 일부러 빠져나온 걸까.

클라우스 앞에서 꼴깍 침을 삼켰다.

"지금 말할 일은 아닐지도 모르지만 괜찮을까요? 결심이 바뀌기 전에."

"뭔데? 사라."

"저는 스파이 일을 그만두고 싶습다."

의표를 찔렸다.

하지만 그녀의 목소리에 망설임은 없었다. 줄곧 생각했던 것 같았다.

"이번에 깨달았어요. 역시 이 직업은 목숨이 여러 개 있어도 부족함다."

"……그런가. 아쉽군."

귀중한 전력을 포기하는 건 아까웠지만, 본인이 원한다면 받아들여야 했다.

복잡한 심경으로 있으니 사라가 허둥지둥 손을 내저었다.

"어? 아! 아닙니다. 지, 지금 당장 은퇴하겠다는 말은 아닙니다!"

"……음, 그런가?"

"앞으로도 모두를 위해 힘낼 거예요. 하지만, 그…… 역시 저는 스파이라는 직업 자체에 다른 사람들 같은 각별한 마음은 없어서……."

그녀는 미소 지었다.

"언젠가 일단락됐다는 생각이 들 때, 은퇴하고 싶어요."

그 표정에는 긍정적인 감정이 가득했다.

자연스럽게 기분은 나쁘지 않았다. 사라 쪽으로 몸을 돌렸다.

"은퇴 후의 진로는 정했나?"

"앗, 네. 부모님처럼 레스토랑을 경영하고 싶습다. 바다가 보이는 한가로운 거리에, 비싸지 않지만 맛있는 요리가 있고."

"벌써 계획이 짜여 있군."

"사실 최근에는 매일 생각하고 있습다. 아네트 선배와 에르나 선배에게는 웨이트리스가 되어 달라고 하고, 저는 요리를 만들고, 다른 사람들도 일해 주고."

그녀는 부끄러운 듯 고개를 숙였다.

"그, 그때— 보스도 함께 있어 준다면 좋겠어요."

예상치 못한 말을 듣고 아연해졌다.

사라가 변명하듯 빠르게 「무, 물론 단순히 저의 망상이지만요」 하고 말했다.

클라우스는 망상조차 해 본 적이 없는 미래였다.

스파이가 아닌 자신— 불가능한 일은 아니다. 죽지 않는다면 있을 수 있는 결말이다.

"그런 미래가 찾아온다면—."

솔직한 감상을 말했다.

"—의외로 행복할지도 모르겠어."

물론 클라우스는 은퇴할 마음이 없었다. 『화염』의 사명을 이어받아 나라를 계속 지키는 것이 자신의 일이다.

하지만 사라가 그리는 미래를 부정할 마음은 들지 않았다.

"그럼 모두가 마음 편히 은퇴할 수 있을 때까지 힘내겠습니다."

사라가 즐겁게 주먹을 움켜쥐었다.

"그때까지 『등불』의 누구도 죽게 하지 않는 것— 그게 저의 스파이로서의 목표니까요."

신기하게도 응원하고 싶어졌다.

원래부터 사라에게는 스파이라는 직업에 대한 강한 동기가 없었다. 줄곧 『갈 곳이 없다』 『모두에게 폐 끼치고 싶지 않다』라는 마음으로 노력해 왔다.

그랬던 그녀가 명확하게 고한 포부— 『등불』의 수호자.

임무의 성패보다도 동료의 안부. 모두가 죽지 않고 임무를 끝내는 것을 우선하여 멤버 모두가 은퇴할 수 있을 때까지 지킨다.

그것 또한 훌륭한 스파이의 모습이지 않을까.

"—극상이야."

늘 하는 말로 칭찬하고서 「그럼 은퇴를 목표로 스파이 기술을 쌓도록 해. 인심 장악이나 계산 능력 등 경영에 도움이 되는 기술도 있어」 하고 말했다.

"앞으로도 잘 지도해 주세요."

그 후 자연스럽게 클라우스가 직접 요리를 가르치는 흐름이 되었다.

먼저 식자재를 사러 가기로 했다. 냉장고에 식량은 전혀 남아 있지 않았다.

둘이서 현관으로 가는데 홀의 모습이 보였다.

소녀들이 테이블에 모여 있었다. 테이블 위에는 무전기. 진지한 눈으로 그걸 보고 있었다.

"여럿이 모여 뭐 하는 거지?"

신경 쓰여서 클라우스가 물었다.

무전기를 둘러싸고 있는 사람은 티아, 지비아, 그레테, 아네트, 에르나, 란.

티아가 「쉿!」 하고 자신의 입에 손가락을 댔다.

"지금 도청 중이야."

"뭘?"

"모니카와 릴리에게 둘만의 시간을 줬어."

"아주 재미있는 전개군."

그 문제가 남아 있었다는 걸 떠올렸다.

모니카 본인도 설마 살아남을 줄은 생각도 못 했을 것이다. 임무 중에 무전기를 통해 릴리에게 확실히 전했었다.

—『나는, 너를 좋아해.』

그 목소리가 전달됐던 무전기 주위에는 다른 멤버도 있었다. 공개 고백이었다.

'확실히 릴리의 대답이 궁금하긴 하지만…….'

망설이지 않고 도청하는 것이 소녀들다웠다.

"우후후, 안심하렴, 모니카. 연애 마스터이자 너의 파트너인 내가 너의 사랑을 성취시키겠어."

티아가 몹시 의욕을 보이며 중얼중얼 혼잣말했다.

악의는 없는 것 같지만 쓸데없는 참견이리라.

모니카와 릴리는 정원에 있는 듯했다. 관리하는 가든을 살피러 간 릴리에게 도청기를 설치했고, 그걸 모르는 모니카가 릴리를 쫓아간 모양이었다.

《있지, 릴리…… 그러고 보니…….》

무전기에서 긴장한 모니카의 목소리가 들렸다.

이대로 있으면 정말로 두 사람의 대화를 들을 수 있을 것 같았지만—.

"안 됩다!"

사라가 무전기로 달려갔다.

""""""""어?""""""""

사라는 테이블 위에 있던 무전기를 빼앗아 양팔로 끌어안듯 들고 전원을 껐다.

“그만두죠! 조, 좋지 않슴다! 모니카 선배가 불쌍함다!”

“뭐 하는 거야, 사라! 지금 중요한 순간이잖아!”

티아가 호통쳤고 다른 소녀도 외쳤다.

하지만 사라도 주장을 굽히지 않았다.

“싫슴다! 제가 모니카 선배를 지킬 검다아아아아아아아아아아!”

사라는 무전기를 끌어안은 채 홀을 뛰어다녔다.

그런 사라를 다른 소녀가 쫓으며 엎치락뒤치락 싸움이 벌어졌다. 아직 완쾌되지 않았는데 기운도 좋았다.

‘뭐, 엿듣는 건 멋없는 짓이지.’

물론 클라우스는 가세하지 않았다. 굳이 따지자면 사라의 의견에 찬성이었다.

홀에 난 창문으로는 정원에 있는 소녀들의 머리만 보였다. 릴리와 모니카가 진지한 표정으로 마주 보고 있었다.

‘—아마 그렇게 나쁜 얘기가 나오진 않을 거야.’

릴리가 어떤 결단을 내릴지까지는 예상되지 않았다.

다만 릴리라면 모니카의 마음을 최대한 배려한 말을 할 것이다. 그리고 어떤 말이든 모니카는 진지하게 받아들일 것이 틀림없다.

가혹한 임무 끝에 다다른 한때를 누구의 방해도 받지 않고 누려야 한다.

이 세계는 아직 자신들을 해방할 마음이 없으니까.

◇◇◇

―《게르데의 유산》.

그건 모니카가 도망친 지하실에서 발견되었다. 예전에 빈드도 끌려갔었을 것이다. 3층에 있던 집은 페이크. 게르데의 진짜 아지트는 이 지하 공간이었다.

귀중한 서류는 아무렇게나 놓여 있었다.

허술한 관리가 겔 할멈답다는 감상을 품었다. 지하실에 흘러든 빗물 때문에 잉크가 번졌지만 일부는 해독할 수 있었다.

【세계 공황― 그렇게 명명될 만한 금융 위기가 2~3년 이내에 일어난다.】

무자이아 합중국에서 일어날 일인 것 같았다. 앞선 대전으로 호황이 찾아와 과잉 투자라고 해도 될 상태가 이어지고 있었다. 그 거품이 꺼지면서 온갖 산업에 큰 타격을 준다. 그 여파는 합중국의 경제력에 의존하던 세계 각국에 미친다.

2~3년이라는 예상이 언제를 기점으로 한 표현인지는 불명이었다.

【세계 각국은 자국의 경제를 최우선하여 자원을 독점할 것이다. 강력한 경제 기반을 가진 나라와 식민지를 가진 연합국은 부유해지고, 앞선 대전으로 식민지를 잃은 추축국은 큰 타격을 받는다.】

【대전을 반성하고 국제 협조를 꾀하던 각국은 방침을 일변시킬 터.】

【다린 황태자를 포함한 일부 권력자는 시대의 조류를 알아차리고 어떤 계획을 진행하기 시작했다.】

이어진 문장을 읽었을 때, 숨이 멈췄다.

바로 이해할 수 있었다. 『화염』의 괴멸과 『뱀』의 대두는 이것과 관련된 것임을.

전 세계에, 그리고 『등불』의 소녀들에게 아픔을 준 지옥이 다시 전개되려고 한다.

【제2차 세계 대전은 촉발된다. ―《효암 계획(노스탤지어 프로젝트)》은 그 대비책이다.】

시크릿 에필로그 『뱀』

코드 네임 『은매미』. 뷰마루 왕국. 빙로(氷露) 정원에서 사망.

코드 네임 『청파리』. 가르가드 제국. 앤디 연구소에서 사망.

코드 네임 『흰거미』. 펜드 연방. 하이린 철도에서 사망.

코드 네임 『초록나비』.

『조종자』 아멜리의 도움으로 CIM의 감옥에서 탈주. 무기를 챙기기 위해 사전에 마련해 둔 아지트로 가지만, 잠복해 있던 『저주술사』 네이선에 의해 가슴에 총을 맞고 사망. 옛 이름인 『마술사』라는 존재까지 통째로 말소된다.

또한 네이선은 그 사실을 본래 소속인 CIM에 숨기고 다른 조직에만 전했다.

코드 네임 『보라개미』.

무자이아 합중국의 첩보 기관 JJJ에게 고문받던 중, 심문관이 눈을 뗀 찰나에 탈주. 현장에는 『무지개반디』라고 피로 적혀 있었다. 그는 고문받아 양발이 부서져 있었기에 혼자 힘으로 도망칠 수 있는 상태는 아니었다.

탈주하고 두 달 후, 보라개미는 희미하게 미소 지은 채 죽은 상태로 발견된다.

◇◇◇

코드 네임 『흑사마귀』.

그는 휴로 남단에 있는 항구에서 준비한 밀항선에 타지도 않고 밤바다를 바라보고 있었다. 정각이 지났는데도 초록나비나 흰거미는 오지 않았다.

부두에 놓인 컨테이너 위에서 작게 한숨을 쉬었다.

"……멍청한 남자 같으니라고. 이번에는 내가 너의 복수를 해 줘야 하잖아."

멀리 보이는 휴로의 빌딩들 쪽으로 시선을 보냈다. 두 의수를 떨며 갈 곳 없는 중얼거림을 흘렸다.

그때, 뒤에서 인기척이 났다.

동포가 왔나 싶어서 뒤돌아보았다.

"YAYAYA, 『뱀』의 생존자가 이런 데 있었네."

처음 보는 청년이었다.

무릎까지 오는 베이지색 트렌치코트를 걸쳤고 동그란 안경을 쓰고 있었다. 꼬불꼬불한 흑발. 얼굴의 음영이 깊지 않았다. 먼 이국 사람인 것 같았다.

양손을 주머니에 깊이 찔러 넣고 발소리를 내어 걸어왔다.

"이것 참. 이쪽의 『분신』을 죽여서 말이지. 곤란하게 됐다니까."

흑사마귀는 의수를 들었다.

"……죽인 인간 따위 기억하지 않는데. 누구지?"

"—『앵화』."

청년이 희미하게 웃었다.

"너희 팀의 보라개미가 죽인 인간 중 한 명이야."

"……!"

업계에서 이름난 스파이였다.

미타리오에서 이루어졌던 보라개미의 광범위하고 무차별적인 스파이 살해. 그 사망자 중에는 홍로를 포함해 각국을 대표하는 스파이가 섞여 있었고, 개중에서도 이채를 발하던 존재가 있었다.

코드 네임 『앵화』— 세계 각국에서 의적처럼 암약하는 정체불명의 스파이.

『분신』이라고 했다. 한 명이 아니라 여러 사람이 사용하던 호칭인가.

앵화가 「YA」 하고 코트 주머니에서 권총을 쥔 손을 꺼냈다.

"—윽."

흑사마귀는 속사로 발포된 총알을 의수로 막았다. 하지만 그건 단순한 납탄이 아니었다. 약품 같은 냄새가 났다.

「그 의수, 이제 안 쓰는 게 좋을 거야」 하고 청년이 말했다.

가연성 액체를 묻힌 듯했다. 무리해서 움직이면 자폭할지도 모른다.

"……날 죽이러 왔나."

흑사마귀는 작게 고개를 끄덕였다.

"목적이 뭐지? 얘기해 보도록. 『뱀』은 인재가 부족한 모양이니까. 의는 우리에게 있어. 네가 청원한다면 말석에 끼워 줄 수도 있어."

"거절할게. 나도 내가 있을 곳이 있거든."

청년은 말했다.

"『신수(神樹)(케루빔)의 묘지기』."

"음?"

"세계 최고의 스파이 『홍로』가 창설한— 《효암 계획》을 실현시키는 기관이야."

그렇군, 하고 고개를 끄덕였다.

그 여자가 그냥 죽을 리 없었다. 이미 손을 써 뒀던 모양이다. 세계 각국의 스파이가 모였던 미타리오에서 『화염』과는 다른 새로운 세력을 만들었다.

그것이 『거광』 기드와 결렬한 여자의 결단인가—.

"통 크게 정보를 알려 주는군."

"그런 주의라서. 아무것도 모른 채 죽다니 불쌍하잖아."

"재미있는 소리를 하는데."

어깨를 으쓱였다.

"꼭 가르쳐 줬으면 해. 나도 모르겠거든. 천하무적인 나를 대체 어떻게 항복시키고 스파이로서 은퇴시킬 수 있을지."

흑사마귀는 두 의수를 들고 하늘을 올려다보며 말했다.

"아아, 은퇴가 멀어지는군."

◇◇◇

코드 네임 『남메뚜기』 & 『——』.

그 인물은 가르가드 제국의 수도 달튼에서 책 한 권을 읽고 있었다.

부하인 남메뚜기가 「재미있는 걸 찾았습니다」 하고 건넨 책이었다.

펜드 연방의 작가, 디에고 크루거의 소설이었다. 마약 중독으로 죽기 직전에 집필한 유작. 『세기의 졸문』이라고 비평가에게 혹평받은 난센스한 스파이 소설.

일독하니 그것이 사실은 누구 손으로 쓰였는지 바로 알 수 있었다.

"……*크리스트하르트.*"

자신이 『흰거미』라고 명명한 남자의 본명. 세계와 맞서 싸우기 위한 전사를 모아 『뱀』이라는 조직을 만들어 줬다. 『뱀』의 중심은 틀림없이 그였다.

소설은 거짓으로 점철되어 있었으나, 읽어 보면 주인공 남자가 얼마나 자신의 조직을 사랑했는지가 전해졌다. 욕하면서도 조직을 위해 동분서주했다.

하지만 크리스트하르트는 이제 없다. 그가 모았던 전사와도 연락이 되지 않았다.

"……*세계를 적으로 돌리는 것이 이토록 가혹한 일일 줄이야.*"

『뱀』은 이기지 못했다. 『홍로』가 남긴 스파이들에게 잡아먹혔다.

이제 《효암 계획》을 막을 방도는 없는가, 하고 작게 중얼거렸다.

"*남메뚜기.*"

부하의 이름을 불렀다.

"*『등불』과 거래하고 싶어. 편지를 보낼 수 없을까?*"

흰거미가 죽고 1년은 금세 지나갔다.

■작가 후기

※※※ 본편의 스포일러가 일부 포함되어 있습니다. 본편을 읽고 나서 봐 주세요. ※※※

8권 후기에서 말할 내용은 아니지만, 1권을 집필할 때 있었던 일을 이야기하고 싶습니다.

1권의 후기에서도 언급했는데, 사실 이 『스파이 교실』은 제32회 판타지아대상 수상작을 95% 이상 개고하여 완성된 작품입니다.

그럼 수상작 단계부터 남아 있는 5% 미만은 무엇인가?

—한 캐릭터가 독을 쓴다는 설정, 보트 위에서 벌이는 배틀, 그리고 사라입니다.

이름은 변경했지만, 사실 『초원』 사라의 원형이 되는 캐릭터는 수상작 때부터 존재했습니다. 제게는 클라우스나 릴리보다도 알고 지낸 시간이 긴 캐릭터입니다.

그래서 저는 1권을 집필할 때 그녀를 8권의 주역으로 삼기로 했습니다. 그때까지 활약은 결코 많지 않지만, 대신 마지막에 아주 빛나는 역할을 주겠다고요. 기본적으로 캐릭터는 두루두루 애정을 쏟고 있으나 사라에게는 조금 별난 방식으로 애정을 쏟고 있습니다.

또한 1권 집필 시 있었던 일 중에서 얘기해야 할 에피소드가 하나 더 있습니다.

초대 편집자 O: 소녀들에게 한 명씩 특별한 무기를 주고 싶은데.

타케마치: 그 마음은 이해하지만, 1권을 이 이상 어수선하게 만들고 싶지 않아요.

그런 대화 끝에 8권의 마지막 부분까지 미뤄진 예의 그것.

토마리 선생님, 마침내 이야기에 등장시킬 수 있었습니다. 1권 표지 때부터 멋있게 디자인해 주셨는데 좀처럼 등장시키지 못해 정말로 죄송합니다! 아네트가 만들어 주질 않았어요. 아네트를 설득하는 데 단편집 포함 열 권이 걸렸습니다…….

각설하고, 제작사 feel.에 의한 애니화도 결정되고, 만화는 원작 2권과 3권의 동시 코미컬라이즈가 진행되며 크게 전개를 넓히고 있는 『스파이 교실』인데, 앞으로 원작은 어떻게 되는가 하면, 사실 이제부터 후반전입니다. 현재 최종권까지 확실하게 구상되어 있으니 좀 더 함께해 주셨으면 합니다. 그 남자의 메인권도 아마 나올 겁니다.

다만 9권을 내기 전에 단편집 3을 끼워 넣고 싶습니다. 드래곤매거진에 연재한 게 쌓여 있어요. 본편에서는 그리지 못했던 『봉황』과의 밀월이 이야기됩니다.

또한 9권은 『등불』에 큰 변화를 더해서 전해 드리게 될지도 모릅니다.

여러분의 기대에 부응할 수 있는 내용을 전해 드리고 싶습니다.
그럼 이만.

타케마치

스파이 교실 8
《초원》의 사라

초판 1쇄 발행 2023년 5월 20일

지은이_ Takemachi
일러스트_ Tomari
옮긴이_ 송재희

발행인_ 신현호
편집장_ 김승신
편집진행_ 권세라 · 최혁수 · 김경민 · 최정민
편집디자인_ 양우연
관리 · 영업_ 김민원

펴낸곳_ (주)디앤씨미디어
등록_ 2002년 4월 25일 제20-260호
주소_ 서울시 구로구 디지털로 26길 111 JnK디지털타워 503호
전화_ 02-333-2513(대표)
팩시밀리_ 02-333-2514
이메일_ lnovellove@naver.com
L노벨 공식 카페_ http://cafe.naver.com/lnovel11

ISBN 979-11-278-6858-1 04830
ISBN 979-11-278-5816-2 (세트)

값 11,000원